MOEWIG
ROMAN

Erich Segal

Mann, Frau und Kind

vom Autor der »Love Story«

MOEWIG

MOEWIG Band Nr. 2249
Moewig Taschenbuchverlag Rastatt

Die Originalausgabe erschien unter dem Titel
„Man, Woman and Child“ by Harper & Row Publishers, 1980
Aus dem Amerikanischen von Isabella Nadolny

Genehmigte Taschenbuchausgabe
Umschlagfoto: George Lebraud
Umschlagentwurf und -gestaltung: Franz Wöllzenmüller, München
Verkaufspreis inkl. gesetzl. Mehrwertsteuer
Auslieferung in Österreich:
Pressegroßvertrieb Salzburg, Niederalm 300, A-5081 Anif
Printed in Germany 1984
Druck und Bindung: Elsnerdruck GmbH, Berlin
ISBN 3-8118-2249-7

Meiner geliebten Karen
Wem ein tugendsam Weib beschert ist,
die ist viel edler,
denn die köstlichsten Perlen.

Sprüche Salomonis 31,10

... Alles fällt auseinander,
die Mitte hält nicht mehr.
Allenthalben wird der heilige Vorgang
der Unschuld überschwemmt.

William Butler Yeats

1. Kapitel

„Ich hätte eine wichtige Nachricht für Sie, Dr. Beckwith!“

„Ich bin im Augenblick in einer Besprechung. Kann ich Sie zurückrufen?“

„Offen gestanden wäre es mir lieber, Pofessor, wenn ich Sie persönlich sprechen könnte.“

Der dringende Anruf, der Robert Beckwith aus der Semesterschlußsitzung der Fakultät herausrief, kam aus dem französischen Konsulat.

„Könnten Sie vor fünf Uhr in Boston sein?“ fragte der Untersekretär.

„Aber es ist ja schon fast halb fünf“, sagte Bob.

„Ich warte dann hier auf Sie.“

„Ist es denn *so* wichtig?“

„Ja, ich glaube schon.“

Völlig verwirrt begab sich Bob wieder ins Sitzungszimmer, wo die fünf anderen rangältesten Mitglieder des *Massachusetts Institute of Technology,* kurz M.I.T., Abteilung Statistik, warteten. Er brachte vor, daß die Punkte der Tagesordnung vergleichsweise unwichtig seien, und beantragte angesichts des herrlichen Sommerwetters Vertagung der Sitzung auf den Herbst. Wie üblich hatte einer Bedenken.

„Ich muß sagen, Beckwith, korrekt wäre das nicht“, plusterte P. Herbert Harrison sich auf.

„Dann wollen wir abstimmen, Herb“, entgegnete Bob.

Die Auszählung ergab: fünf Stimmen für Urlaub bei einer Gegenstimme.

Bob ging rasch zu seinem Wagen und begann sich durch den dichten Stoßverkehr über den Charles River zu schlängeln. Er kam langsamer vorwärts als die Jogger am Straßenrand und hatte daher genügend Zeit zum Überlegen, was denn so dringend sein könnte. Und je mehr er darüber nachdachte, desto mehr schien alles darauf hinauszulaufen: Die wollen mir den Orden der Ehrenlegion verleihen.

So unmöglich ist das gar nicht, sagte er sich. Schließlich habe ich eine Menge Vorlesungen in Frankreich gehalten, war zweimal an die Sorbonne eingeladen. Und dann fahre ich sogar einen Peugeot!

Das muß es sein. Ich kriege eine dieser kleinen roten Sardellen für mein Revers. Womöglich werde ich mir sogar angewöhnen müssen, ein Jackett zu tragen. Meinetwegen. Die neidischen Gesichter in der Fakultät wären es wert. Himmel, werden Sheila und die Mädchen stolz sein.

„Die Nachricht erreichte uns über Telex", sagte Monsieur Bertrand Pelletier, sobald Bob in seinem eleganten, saalähnlichen Büro Platz genommen hatte. Er hielt einen Papierstreifen in der Hand.

Jetzt kommt es, dachte Bob. Jetzt kommt die Verleihung. Er bemühte sich, nicht zu früh zu lächeln.

„Dr. Beckwith vom M.I.T. wird gebeten, sich sofort mit Monsieur Louis Venargues in Sète in Verbindung zu setzen." Er reichte Bob das Papier.

„Sète?" wiederholte Bob. Und dachte: Mein Gott, das kann doch nicht wahr sein.

„Reizender Ort", meinte Pelletier. „Kennen Sie Südfrankreich?"

„Hm - ja." Jetzt war Bob doch beunruhigt. Ihm fiel auf, daß der Konsulatsbeamte ein sehr ernstes Gesicht machte.

„Worum handelt es sich eigentlich, Monsieur Pelletier?"

„Mir wurde nur mitgeteilt, daß es mit der armen Nicole Guérin zusammenhängt."

Großer Gott, Nicole. So lange her. Und so gut verdrängt, daß er sich schon fast eingeredet hatte, es sei nie gewesen. Sein einziger Seitensprung in all den Ehejahren.

Warum erst jetzt? Nach so langer Zeit? Hatte sie ihm nicht damals fest versprochen, sie würden sich nie wiedersehen, einander nie schreiben? *Moment mal!*

„Monsieur Pelletier, sagten Sie ‚die *arme* Nicole Guérin'? Ist sie tot?"

Der Untersekretär nickte.

„Bedauerlicherweise weiß ich nichts Näheres. Tut mir leid, Dr. Beckwith."

Was wußte der Mann noch?

„Und wen soll ich da anrufen?"

Der Untersekretär zuckte nur die Achseln. Aus dem Französischen übersetzt hieß das, er wisse es nicht und wolle es auch nicht wissen.

„Darf ich Ihnen mein Beileid aussprechen, Dr. Beckwith?"

Das hieß, aus dem Französischen übersetzt, es sei schon reichlich spät. Monsieur Pelletier hatte ohne Zweifel noch etwas anderes vor. Schließlich war es ein linder Juniabend.

Bob hatte verstanden. Er erhob sich.

„Vielen Dank, Monsieur Pelletier."

„Keine Ursache."

Sie schüttelten sich die Hand.

Auf etwas unsicheren Beinen ging Bob hinaus auf die Commonwealth Avenue. Er hatte schräg gegenüber geparkt, ganz nahe beim Ritz. Sollte er sich dort an der Bar erst einmal etwas Mut antrinken? Nein, lieber erst telefonieren. Und zwar von irgendwo, wo keiner zuhörte.

Auf dem Korridor war alles still. Jedermann schien in die Sommerferien gefahren zu sein. Bob schloß die Bürotür, setzte sich an seinen Schreibtisch und wählte Frankreich.

„Oui"? krächzte eine verschlafene Stimme mit stark provenzalischem Akzent.

„Hier ist Robert Beckwith. Kann ich Monsieur Venargues sprechen?"

„Bobbie – ich bin's Louis! Endlich habe ich dich an der Strippe."

Noch nach all den Jahren war diese Stimme unverwechselbar, das Gekrächze stammte von fünfzig Millionen Gauloises, die Louis in seinem Leben geraucht haben mochte.

„Louis, der Bürgermeister?"

„Exbürgermeister. Stell dir das vor. Die haben mich in die Wüste geschickt, wie einen alten Dinosaurier. Der Stadtrat hat ..."

Bob saß viel zu sehr auf Nadeln, um sich langatmige Geschichten anhören zu wollen.

„Louis, was ist mit Nicole?"

„Ach Bobbie, das ist eine richtige Tragödie. Vor fünf Tagen. Frontalzusammenstoß. Sie kam von einem schwerkranken Herzpatienten. Die ganze Stadt trauert ..."

„Ach, das tut mir leid ..."

„Kaum zu fassen, wie? Sie war noch so jung. Eine Heilige. Hat nur an andere gedacht. Die ganze medizinische Fakultät von Montpellier war auf der Beerdigung. Du weißt ja, sie war gegen die Kirche, Bobbie, aber wir konnten nicht anders."

Als Louis aufseufzend eine Pause machte, nahm Bob die Gelegenheit wahr.

„Louis, das ist wirklich schrecklich. Aber ich verstehe trotzdem nicht, warum ich dich anrufen sollte. Schließlich habe ich sie vor zehn Jahren zuletzt gesehen."

Schweigen am anderen Ende der Leitung. Dann antwortete Louis fast flüsternd: „Es geht um das Kind."

„Kind? War Nicole verheiratet?"

„Nein, nein. Natürlich nicht. Sie war Alleinerzieherin, sozusagen. Sie hat den Jungen ganz allein aufgezogen."

„Aber ich verstehe noch immer nicht, was das mit mir zu tun hat", sagte Bob.

„Also, Bobbie, ich weiß nicht, wie ich's dir sagen soll ..."

„Nun sag es schon ..."

„Es ist auch dein Kind", sagte Louis Venarguès.

Einen Augenblick lang herrschte Stille auf beiden Seiten des Atlantiks. Bob war vor Überraschung sprachlos.

„Bobbie? Bist du noch da? *Allo?*“

„Ja?“

„Es muß ein ziemlicher Schock für dich sein, ich weiß.“

„Nein, Louis, es ist kein Schock für mich. Ich glaube es einfach nicht“, entgegnete Bob, der mit wachsendem Ärger die Sprache wiederfand.

„Aber es stimmt. Vor mir hatte sie keine Geheimnisse.“

„Und woher, zum Teufel, weißt du so genau, daß ich der Vater bin?“

„Bobbie“, antwortete Louis milde, „du warst im Mai hier. Während der Demonstrationen, erinnerst du dich? Der Kleine ist sozusagen fahrplanmäßig eingetroffen. Es gab damals niemand anderen in ihrem Leben. Das hätte sie mir gesagt. Selbstverständlich hat sie nicht gewollt, daß du es je erfährst.“

Großer Gott im Himmel, dachte Bob, das darf nicht wahr sein.

„Verdammt noch mal, Louis, auch wenn es stimmt, bin ich nicht verantwortlich ...“

„Reg dich nicht auf, Bobbie. Kein Mensch behauptet, daß du irgendeine Verantwortung trägst. Jean-Claude ist gut versorgt. Verlaß dich darauf, ich bin Testamentsvollstrecker.“

Nach einer Pause fügte er hinzu: „Allerdings gibt es ein kleines Problem.“

Bob wurde schwindlig bei dem Gedanken, *was das alles bedeuten konnte.*

„Nämlich?“ fragte er.

„Der Junge hat niemanden. Nicole hatte keine anderen Verwandten. Er steht völlig allein.“

Bob schwieg. Noch immer fragte er sich, worauf das Gespräch hinauslaufen würde.

„An sich würden Marie-Thérèse und ich ihn liebend gern zu uns nehmen ...“ Louis hielt inne. „Aber sie ist schwer krank, Bob, lebensgefährlich krank. Sie hat nicht mehr viel Zeit.“

„Das tut mir leid“, warf Bob leise ein.

„Ich darf mich nicht beklagen. Vierzig Jahre lang lebten wir wie in den Flitterwochen miteinander. Aber du siehst, warum es unmöglich ist. Wenn wir keine andere Lösung finden, und zwar rasch, kümmern sich die Behörden um den Jungen."

Endlich begriff Bob, worum es hier ging. Er wurde mit jedem Atemzug wütender. Und erschrockener.

„Das Kind ist untröstlich", fuhr Louis fort. „Er ist wie versteinert. Sein Kummer ist so groß, daß er nicht einmal weinen kann. Er sitzt nur so da ..."

„Komm zur Sache", sagte Bob.

Louis zögerte.

„Ich möchte es ihm sagen."

„Was sagen?"

„Daß es dich gibt."

„Nein! Bist du verrückt? Was würde das denn nützen?"

„Ich möchte, daß er weiß, daß er irgendwo auf der Welt noch einen Vater hat. Es wäre immerhin *etwas,* Bobbie."

„Um Himmels willen, Louis, ich bin verheiratet und habe zwei Töchter. Das mit Nicole tut mir aufrichtig leid. Der Junge tut mir leid. Aber ich lehne es ab, mich da hineinziehen zu lassen. Ich will meiner Familie nicht weh tun. Ich kann nicht. Ich will nicht. Das ist mein letztes Wort."

Wieder Schweigen. Oder vielmehr zehn Sekunden lang nur ein Knistern in der Leitung.

„Na schön", sagte Louis schließlich. „Dann will ich dich nicht länger stören. Aber ich muß gestehen, daß ich sehr enttäuscht bin."

Na und wenn schon, verdammt noch mal.

„Gute Nacht, Louis."

Noch eine kurze Pause, damit Bob es sich vielleicht anders überlegen konnte, dann die Kapitulation.

„Adieu, Bobbie", murmelte er und hängte ein.

Bob legte den Hörer hin und begrub das Gesicht in den Händen. Das war zuviel, um es auf einmal begreifen zu können. Nicole Guérin, die nach so vielen Jahren plötzlich wieder in sein Leben trat. Konnte ihrer kurzen Affäre wirklich ein Kind entstammen? Ein Sohn?

Mein Gott, was mache ich bloß?

„N'Abend, Professer."

Erschrocken sah Bob auf.

Es war Lilah Coleman auf ihrer täglichen Putzrunde durch die Büros.

„Wie geht's, Mrs. Coleman?"

„Na ja, es geht so. Was machen Ihre Statistiken?"

„Ich kann nicht klagen."

„Sagen Sie mal, Ihnen is nich zufällig irgend 'ne besondere Glückszahl untergekommen, was? Ich muß Miete zahlen, und ich hab' zur Zeit eine Pechsträhne nach der andern."

„Tut mir leid, Mrs. Coleman, viel Glück hab' ich im Moment selber nicht."

„Wie heißt es doch so schön, Professer: Wenn du's nich in dir kribbeln fühlst, dann setz lieber nich. Is jedenfalls mein Wahlspruch. Bei so was geht's nach Gefühl."

Sie leerte den Papierkorb und fuhr mit dem Lappen über seine Schreibtischplatte.

„Also, ich muß wieder weiter, Professer. Schönen Sommer auch. Ruhn Sie Ihr Superhirn mal richtig aus."

Sie verließ das Zimmer und schloß die Tür. Etwas, was sie gesagt hatte, blieb hängen: Bei so was geht's nach Gefühl. Klang sehr laienhaft. Aber sehr menschlich.

Noch lange, nachdem Mrs. Colemans Schritte auf dem Gang verhallt waren, saß er wie angewurzelt da und sah den Telefonapparat an. In seinem Inneren kämpfte das Herz gegen das Hirn. Bob, sei kein Idiot. Riskier doch nicht deine Ehe. Keine Sache auf der Welt ist das wert. Wer weiß, ob es überhaupt stimmt. Vergiß es.

Es vergessen?

Ein unwiderstehlicher Impuls trieb ihn dazu, nach dem Hörer zu greifen. Noch während er wählte, wußte er nicht, was er sagen sollte. „Hallo, ich bin's, Bob."

„Ah. Gut. Ich wußte, du würdest es dir noch mal überlegen."

„Hör zu, Louis, ich brauche Zeit zum Nachdenken. Ich ruf' dich morgen wieder an."

„Gut, gut. Es ist ein reizendes Kind. Aber ruf ein bißchen früher an, wenn's geht."

„Gute Nacht, Louis."

Sie hingen beide ein. Jetzt bekam es Bob mit der Angst zu tun. Er hatte eben seine ganze Existenz gefährdet. Warum nur hatte er noch mal angerufen?

Aus Zuneigung zu Nicole? Nein. Was er für sie empfand, war nur ein ungeheurer Zorn.

Wegen eines kleinen Jungen, den er nie gesehen hatte?

Wie in Trance ging er zum Parkplatz. Er war völlig ratlos und durcheinander. Er mußte mit jemandem sprechen. Aber er hatte auf der ganzen Welt nur einen einzigen wirklichen Freund, nur einen Menschen, der ihn ganz verstand.

Seine Frau Sheila.

2. Kapitel

Auf der Route 2 war es inzwischen leerer, und fast zu schnell gelangte er nach Lexington. Er hätte eigentlich mehr Spielraum gebraucht. Um sich wieder in den Griff zu bekommen. Um seine Gedanken zu ordnen. Was soll ich sagen? Wie zum Teufel soll ich ihr überhaupt in die Augen sehen?

„Wieso kommst du heute so spät, Bob?"

Paula, seine Neunjährige, mimte ständig Ehefrau Nummer zwei.

„Fakultätssitzung", gab Bob Auskunft und ignorierte absichtlich, daß sie unerlaubterweise seinen Vornamen gebrauchte.

In der Küche unterhielt sich Jessica Beckwith, zwölfeinhalb und schon fast fünfundzwanzig, mit ihrer Mutter. Thema: Widerlinge, geschniegelte Heinis, Halbhosen und letzte Heuler.

„Im Ernst, Mami, in der ganzen Oberschule gibt es kein einziges annehmbares Mannsbild ..."

„Worum geht es denn?" fragte Bob, als er die Küche betrat und die beiden älteren Damen seiner Familie küßte. Er war entschlossen, sich ganz natürlich zu geben.

„Jessie beklagte die Qualität des anderen Geschlechts in ihrer Schule, genauer gesagt, deren Mangel."

„Vielleicht solltest du die Schule wechseln, Jess", neckte er sie.

„Ach Vater, du bist hoffnungslos. Ganz Massachusetts ist finstere Provinz ohne Hauptstadt."

Sheila lächelte Bob nachsichtig zu.

„Und Ihre Schlußfolgerung daraus, Miß Beckwith?"

Jessie wurde rot. Bob hatte ihren ausgeklügelten Schlachtplan über den Haufen geworfen.

„Mami weiß Bescheid", sagte sie.

„Es geht um Europa, Bob", sagte Sheila. „Deine Tochter möchte im Sommer eine Teenager-Reise dorthin machen."

„Aber sie ist doch noch nicht einmal ein Teenager", wandte Bob ein.

„Mein Gott, Papi, sei doch nicht so pingelig", stöhnte Jessica. „Ich bin alt genug zum Reisen."

„Und jung genug, um noch ein Jahr zu warten."

„Papi, ich lehne es ab, mich noch einen Sommer lang mit meiner spießigen Familie an Cape Cod zu öden."

„Dann such dir einen Job."

„Würde ich ja machen, aber dazu bin ich noch nicht alt genug."

„Quod erat demonstrandum, Miß Beckwith", schloß Bob befriedigt.

„Verschon mich bitte mit deinen akademischen Zweideutigkeiten, ja? Was ist, wenn ein Atomkrieg kommt? Dann wäre ich womöglich tot und hätte den Louvre nie gesehen!"

„Meine liebe Jessica", sagte Bob, froh darüber, daß er durch dieses Geplänkel von seinen Sorgen etwas abgelenkt wurde, „ich weiß aus berufenem Mund, daß es zumindest in den nächsten drei Jahren zu keinem Atomkrieg kommen wird. Ergo hast du noch massenhaft Zeit, den Louvre anzuschauen, bevor wir alle verhackstückt werden."

„Papi, jetzt wirst du widerlich."

„Jessie, davon angefangen hast *du",* sagte Sheila, die erfahrene Schiedsrichterin in den Sparringkämpfen zwischen Vater und Tochter.

„Ihr beiden seid eben hoffnungslos", seufzte Jessica nochmals und stakste hocherhobenen Hauptes aus der Küche.

Sie waren allein. Warum muß sie auch gerade heute abend so schön aussehen, dachte Bob.

„Die ganze Pubertätszeit müßte verboten werden", meinte Sheila und trat zu ihrem Mann, um sich von ihm umarmen zu lassen; seit dem Frühstück freute sie sich darauf. Sie legte beide Arme um ihn. „Wieso kommst du eigentlich so spät – mal wieder gewaltig getönt, der ‚Herr Kollege', wie?"

„Stimmt. Er war in erstaunlicher Hochform."

In den vielen Jahren, die sie sich nun schon kannten, hatten sie eine Art Geheimsprache entwickelt. So gab es beispielsweise in Bobs Abteilung drei Herren, zwei Damen und den ‚Herrn Kollegen', P. Herbert Harrison, einen Wichtigtuer, der über alles und jedes wortreich anderer Meinung war. Alle Freunde der Beckwiths hatten Spitznamen.

(„Eule und Kätzchen haben uns für Sonnabend mit Carole Kupersmith zum Essen eingeladen."

„Nur uns? Was ist denn mit dem Gorilla vom Eichenwald?"

„Der hat sich mit seiner Frau wieder versöhnt.")

Sie führten eine gut synchronisierte Ehe. Darüber hinaus besaß Sheila einen untrüglichen Instinkt dafür, was seine Gefühlswelt anging.

„Geht es dir gut?"

„Aber ja", sagte Bob. „Warum fragst du?"

„Du kommst mir ein bißchen blaß vor."

„Das ist rein akademische Blässe. Zwei Tage am Meer, und ich bin überall goldbraun."

„Versprich mir trotzdem, daß du heute abend nicht mehr arbeitest."

„Meinetwegen", sagte Bob (als ob er sich auf irgend etwas hätte konzentrieren können). „Und du, hast du dir Arbeit vom Verlag mitgebracht?"

„Nichts Eiliges. Ich kämpfe mich noch immer durch die russisch-chinesische Diplomatengeschichte. Ich kann dir sagen, für einen Universitätsprofessor schreibt der Reinhardt so trocken, daß es einem bei den Ohren herausstaubt."

„Liebling, wenn alle wie Churchill schrieben, wärst du arbeitslos. Wie auch immer, heute abend wollen wir mal beide nicht arbeiten."

„Großartig! Und woran hast du statt dessen gedacht?" Ihre grünen Augen strahlten.

Ihm tat das Herz weh bei dem Gedanken an das, was sie würde hören müssen.

„Ich liebe dich“, sagte er.
„Das freut mich. Aber jetzt könntest du bitte den Tisch decken, ja?“

„Papi, als du so alt warst wie ich, wie lang hast du da fernsehen dürfen?“ Paula warf Bob einen beschwörenden Blick zu.
„Als ich so alt war wie du, gab es noch kein Fernsehen.“
„Was, soo alt bist du schon?“
„Dein Vater meint“, erläuterte Sheila, „daß er Bücherlesen lohnender fand.“
„Bücher lesen wir in der Schule“, meinte Paula, „also kann ich jetzt gehn und fernsehen?“
„Wenn du deine Hausaufgaben gemacht hast“, sagte Sheila.
„Was läuft denn?“ fragte Bob pflichtgemäß, um die Bildung seines Nachwuchses besorgt.
„Scott und Zelda“, gab Jessica Auskunft.
„Das klingt wenigstens einigermaßen nach Studienprogramm. Auf welchem Kanal?“
„Sag mal, Papi“, meinte Jessica fassungslos, „wo lebst du eigentlich?“
„Erlaube mal, ich habe jedes Buch von Fitzgerald gelesen.“
„Scott und Zelda ist doch eine Serie“, sagte Paula empört.
„... über einen Hund vom Mars und ein Mädchen aus Kalifornien“, ergänzte Jessie.
„Na so was. Und wer ist wer?“ fragte Bob.
„Aber Papi, das weiß ja sogar die Mami.“
Sheila sah ihn liebevoll an. Wir armen Irren, dachte sie, wir können nicht mehr mitreden.
„Liebling, geh hinüber und sieh mit ihnen fern. Den Tisch decke ich ab.“
„Nein“, sagte Bob. „Ich mach’ das, und du siehst dir Scott, den Wunderhund, an.“
„Papi, *Zelda* ist der Hund“, korrigierte Paula mißbilligend und lief ins Wohnzimmer.
„Kommst du, Mami?“ fragte Jessie.

„Ich kann es kaum erwarten", sagte Sheila und sah zu, wie ihr abgekämpfter Ehemann die Teller übereinanderstapelte. „Bis nachher also, Robert."

„Jawohl."

Er wartete, bis er sicher war, daß die Mädchen fest schliefen. Sheila lag mit einem „hanebüchen unanständigen" Hollywood-Roman auf der Couch. Jean-Pierre Rampal spielte Vivaldi, und Bob tat, als läse er *The New Republic.* Die Spannung stieg ins Unerträgliche.

„Möchtest du einen Drink, Liebling?"

„Nein danke", sagte Sheila aufblickend.

„Darf ich mir einen machen?"

„Seit wann brauchst du dazu meine Genehmigung?" Sie vertiefte sich wieder in ihren Roman.

„Es ist nicht zu glauben", murmelte sie. „Dieses Kapitel hat es wirklich in sich. Du kannst dir nicht vorstellen, wie diese beiden es treiben: mitten auf dem *Rodeo Drive* ..."

Mein Gott, dachte er, wie schaffe ich es nur?

„Du, kann ich einen Augenblick mit dir sprechen?"

Er saß jetzt nur wenige Meter von ihr entfernt.

„Aber natürlich. Hast du Probleme?"

„Ja, gewissermaßen."

Er ließ den Kopf hängen. Plötzlich war Sheila erschrocken. Sie legte das Buch weg und setzte sich auf.

„Bob, du bist doch nicht etwa krank?"

Nein, ich fühle mich nur so, dachte er, schüttelte aber den Kopf. „Liebling, ich muß dir etwas sagen."

Sheila Beckwith stockte der Atem. Bei wie vielen Frauen in ihrem Bekanntenkreis hatten die Ehemänner nicht mit dieser Einleitung begonnen: Ich muß dir etwas sagen. Wir müssen über unsere Ehe reden. Bob machte ein todernstes Gesicht, daß sie Angst bekam, er würde nun auch gleich sagen: Zwischen uns beiden stimmt es nicht mehr.

„Bob", sagte sie ohne Umschweife, „etwas in deiner Stimme ist mir unheimlich. Hab' ich etwas angestellt?"

„Nein, nein. Ich. Ich habe etwas angestellt."

„Was denn?"

„Mein Gott, du weißt ja nicht, wie schwer es mir fällt, es auszusprechen."

„Ich flehe dich an, Robert, sag schon, was los ist!"

Bob atmete einmal tief durch. Ihm zitterten die Knie.

„Sheila, erinnerst du dich an die Zeit, als du Paula erwartet hast?"

„Ja, warum?"

„Und ich nach Europa fliegen mußte, nach Montpellier, um eine Vorlesung zu halten ..."

„Und?"

Pause.

„Damals hatte ich eine Affäre." Er sagte es so schnell wie möglich. So wie man ein Pflaster schnell abreißt, damit es nicht so weh tut.

Sheilas Gesicht wurde aschfahl.

„Nein", stieß sie hervor und bewegte heftig den Kopf hin und her, als wolle sie die Worte abschütteltn, die sie gerade gehört hatte. „Das ist ein schlechter Witz." Sie sah ihn flehend an. „Findest du nicht?"

„Nein, es stimmt", sagte er tonlos. „Ich - es tut mir leid."

„Wer war sie?"

„Unwichtig", sagte er. „jemand ganz Unwichtiges."

„Wer war sie, Robert?"

„Sie - sie hieß Nicole Guérin. Sie war Ärztin."

Warum nur, fragte er sich, interessiert sie sich für diese Einzelheiten?

„Wie lange hat es gedauert?"

„Zwei, drei Tage."

„Was denn nun, zwei oder drei? Ich will es wissen, verdammt noch mal."

„Drei Tage", sagte er.

„Und drei Nächte", ergänzte sie.

„Ja", sagte er. „Kommt es darauf an?"

„Auf alles kommt es an", sagte Sheila, und dann leise. „O du mein Gott."

Er sah, wie sie um Beherrschung rang. Es war noch schlimmer als er es sich vorgestellt hatte. Dann sah sie ihn an und fragte: „Und die ganzen Jahre hast du geschwiegen?“

Er nickte.

„Und warum hast du es mir nie gesagt? Ich dachte, unsere Ehe gründet sich auf unbegrenzte gegenseitige Offenheit? Warum, zum Teufel, hast du es mir nie gesagt?“

„Ich wollte ja“, sagte er mit schwacher Stimme.

„Aber ...?“

„Ich habe immer auf den richtigen Moment gewartet.“ Er wußte, daß es widersinnig klang, aber genauso war es. Er hatte es wirklich sagen wollen. Wenn auch nicht auf diese Weise.

„Und jetzt, nach zehn Jahren, ist der richtige Moment?“ fragte sie sarkastisch. „Du hast sicher geglaubt, dann wäre es leichter. Fragt sich nur, für wen?“

„Ich - ich hab' dir nicht weh tun wollen“, sagte er, wohl wissend, daß hier jede Antwort zwecklos war. Erst dann setzte er hinzu: „Sheila, falls das ein Trost für dich ist: Es war das einzige Mal. Ich schwöre dir, es war das einzige Mal.“

„Nein“, erwiderte sie leise, „es ist kein Trost. Einmal ist mehr als keinmal.“

Sie preßte die Lippen aufeinander, um nicht in Tränen auszubrechen. Aber er war noch nicht zu Ende.

„Sheila, es ist doch schon so wahnsinnig lang her. Ich habe es dir nun endlich sagen müssen, weil ...“

„Du willst mich verlassen und mit ihr zusammenleben?“ fragte sie unwillkürlich. Ein halbes Dutzend ihrer Freundinnen hatten diese Szene durchlebt, oder besser, durchlitten.

„Nein, Sheila, nein. Ich habe sie seit zehn Jahren nicht gesehen. Ich meine - ich -“ Plötzlich platzte er heraus: „Sie ist tot.“

Jetzt kam zu Sheilas Schreck und Betroffenheit auch noch Befremden.

„Warum, um Himmels willen, erzählst du mir dann alles, Bob? Soll ich etwa jemandem einen Beileidsbrief schreiben? Bist du übergeschnappt?“

Leider nicht, dachte Bob.

„Sheila, ich erzähle es dir, weil sie ein Kind hatte."

„Wir haben zwei. Na und?"

Bob zögerte. Dann flüsterte er fast unhörbar: „Weil es meins ist. Der Junge ist von mir."

Sie starrte ihn ungläubig an. „O nein, das kann doch nicht wahr sein." Ihre Augen flehten ihn an, es zurückzunehmen.

Bob nickte traurig: „Ja, es ist wahr."

Dann erzählte er ihr alles. Von dem Streik in Frankreich. Von seiner Begegnung mit Nicole. Von ihrer kurzen Affäre. Von dem heutigen Nachmittag und dem Anruf von Louis. Und von dem Jungen. Von dem Dilemma mit dem Jungen.

„Ich hatte keine Ahnung, wirklich nicht, Sheila. Bitte glaub mir doch ..."

„Warum eigentlich? Warum soll ich dir noch irgend etwas glauben?"

Darauf wußte er keine Antwort.

In der schreckensstarren Stille, die nun folgte, fiel Bob plötzlich ein, was er vor langer Zeit einmal gebeichtet hatte und was damals so unwichtig gewesen war. Daß er gerne einen Jungen hätte. *(„Ich hätte nichts gegen einen kleinen Mittelstürmer."*

„Und wenn es nun wieder ein Mädchen wird?"

„Dann versuchen wir es eben weiter. Das ist doch das Beste dran, hab' ich recht?")

Damals hatten sie gelacht. Der kleine Mittelstürmer war dann natürlich Paula gewesen. Und nach der Operation bei ihrer Geburt konnte Sheila keine Kinder mehr bekommen.

Sie fühlte sich monatelang „für die Liebe ungeeignet", aber Bob sprach ihr gut zu, bis sie allmählich wieder an die Kraft dessen glauben konnte, was sie beide verband, und daß nichts sich jemals daran ändern konnte. Der Riß heilte, und sie waren noch enger vebunden als vorher.

Bis heute abend, dem Abend, an dem das Vertrauen endete.

Von nun an konnte alles nur noch weh tun.

„Sheila hör doch ..."

„Nein, ich habe genug gehört."

Sie stand auf und flüchtete in die Küche. Bob zögerte einen Augenblick, dann folgte er ihr. Sie saß schluchzend am Küchentisch.

„Soll ich dir was zu trinken holen?"

„Nein. Mach, daß du wegkommst."

Er wollte ihr übers Haar streichen. Sie wich zurück.

„Sheila, bitte ..."

„Bob, warum mußtest du es mir erzählen, warum?"

„Weil ich nicht weiß, was ich machen soll. Und weil ich glaubte, du würdest mir irgendwie helfen. Und weil ich ein Egoist bin, wie er im Buch steht."

Er setzte sich ihr gegenüber an den Tisch und sah sie an.

„Sheila, bitte ..."

Er wollte, daß sie sprach, irgend etwas sagte, das diesem quälenden Schweigen ein Ende machte.

„Du hast ja keine Ahnung, wie weh es tut", sagte sie. „Großer Gott, und ich habe dir vertraut. Ich habe dir ganz vertraut ..." Wieder brach sie in Tränen aus.

Wie gern hätte er sie umarmt, sie getröstet. Aber er hatte Angst davor.

„Du kannst doch so viele glückliche Jahre jetzt nicht einfach vergessen ..."

Ihr Mund verzog sich zu einem gequälten, schwachen Lächeln. „Das ist es ja", sagte sie. „Mir ist eben klar geworden, daß sie gar nicht glücklich waren."

„Sheila, ich flehe dich an!"

„Du hast mich *belogen!"* rief sie aus.

„Bitte, Liebling, ich will tun, was menschenmöglich ist, um es wiedergutzumachen."

„Das kannst du nicht."

Es klang so endgültig, daß er Angst bekam.

„Willst du etwa damit sagen, daß du dich von mir trennen willst?"

Sie zögerte.

„Robert, ich habe dazu im Moment nicht die Kraft. Zu nichts.“ Sie stand auf.

„Ich nehme jetzt eine Schlaftablette, Bob. Tust du mir einen großen Gefallen?“

„Jeden“, sagte er, verzweifelt bemüht, ihr zu helfen.

„Bitte schlaf in deinem Arbeitszimmer“, sagte sie.

3. Kapitel

„Darf man vielleicht erfahren, wer gestern abend gestorben ist?"

Ausnahmsweise war Jessica hellsichtiger als sie ahnte. Alle saßen in der Küche und aßen, das heißt, Jessie hielt Diät. Soeben nahm sie Spezialcornflakes mit Magermilch und Wasser zu sich, ihre Bemerkung galt ganz allgemein der Stimmung im Hause.

„Iß dein Frühstück", wies Sheila sie zurecht und bemühte sich, so zu tun, als sei alles wie sonst.

„Papi, du siehst aber entsetzlich schlecht aus", meinte Paula mitfühlend.

„Ich habe gestern noch lange gearbeitet", entgegnete er in der Hoffnung, seine kleine Ehefrau Nummer zwei würde nicht herausfinden, daß er in der Nacht kein Auge zugetan hatte.

„Du arbeitest zuviel", meinte Paula.

„Er will weltberühmt werden", belehrte Jessie die Schwester.

„Aber das ist er doch schon", fand Paula und wandte sich an Sheila, damit sie es bestätigte: „Stimmt's, Mami? Papi ist doch schon überall berühmt, nicht?"

„Stimmt", sagte Sheila. „Überall."

„Außer in Stockholm", warf Jessie dazwischen und unterbrach die Flut der Schmeicheleien.

„Stockholm? Was gibt's denn da?" fragte Paula und tappte arglos in die Falle, die Jessie ihr gestellt hatte.

„Den Nobelpreis, du Trottel. Dein Vater möchte gern gratis nach Schweden reisen und einen besseren Tisch im Professoren-Club. Kapiert, du Spatzenhirn?"

„Jessie", mahnte Sheila, „laß deine Schwester in Ruhe."

„Ach Mutter, ihre bloße Existenz ist eine Beleidigung für jeden Menschen von normaler Intelligenz."

„Magst du gern Erdnußbutter im Gesicht?“ fragte Paula drohend.

„Schluß jetzt, ihr beiden“, schaltete Bob sich ein. „Das Nobelpreiskomitee bewertet auch die Manieren von Angehörigen.“

„Oh, diese amerikanischen Männer!“ Dieser Stoßseufzer Jessicas kam unvermittelt.

„Wie bitte, Jessie?“ fragte Sheila.

„Die amerikanischen Männer sind zerfressen von Ehrgeiz. Das macht sie so provinzlerisch.“

„Ich höre wohl nicht recht, Jessica,“ sagte Bob.

„Ich gebe nur eine soziologische Erkenntnis wieder, Vater.“

„Du, Papi, hier macht sie dich immer zur Schnecke, aber wenn du nicht dabei bist, gibt sie ganz groß mit dir an - vor den Jungen, um Eindruck zu schinden“, versuchte Paula Bob vor den Tiraden seiner feindseligen Ältesten zu schützen.

„Nie im Leben“, widersprach Jessica, bekam aber vor Entrüstung und Verlegenheit einen roten Kopf.

Über dieser Geschwisterkabbelei vergaßen Bob und Sheila für Augenblicke ihre Wunden. Sie lächelten sich zu. Dann fiel ihnen wieder ein, daß dies kein normaler Morgen war. Ihr Lächeln erlosch. Beide hofften, daß die Kinder es nicht gemerkt hatten.

„Vor den Sportkanonen vom Footballteam fängst du immer wieder von ihm an.“ Paula wies anklagend mit dem Finger auf die Schwester.

„Paula, wirklich, du bist und bleibst eine Imbezille“, sagte Jessica, deren Fassung nun doch bedenklich ins Wanken kam.

„Und du bist genau so ’ne Bazille, Jessie.“

„Kinder, *bitte“,* schaltete Sheila sich ein, die allmählich die Geduld verlor.

„Hier im Haus gibt es nur *ein* Kind“, stellte Jessica grollend richtig, ohne auf die Verstimmung der Mutter zu achten.

„Meine Damen“, unterbrach Bob, „ich fahre euch jetzt beide zum Bus. Und zwar sofort.“ Er warf einen besorgten Blick auf Sheila.

„Okay“, sagte Paula und trabte los, um ihre Bücher zu holen.

„Ich stelle hiermit ausdrücklch fest“, verkündete Jessica, „daß ich mich zwangsverschleppt fühle.“

„Aber Jessie“, meinte Bob, „der Bus fährt doch in *deine* Schule.“

Jessie sah ihn an. Es war sonnenklar: Er haßte sie. Respektierte ihre Ansichten nicht. In letzter Zeit war ihr manchmal der Verdacht gekommen, er sei gar nicht ihr richtiger Vater. Eines Tages – so hoffte sie – würde sich Sheila ihr anvertrauen und ihr gestehen, daß sie einmal mit Sartre …

„Los, Jessie, beeil dich!“

Doch im Augenblick hielt Sheila noch zu *ihm*.

Während die Mädchen sich fertigmachten, zögerte Bob in der Tür.

„Bist du – bist du noch da, wenn ich zurückkomme?“ fragte er Sheila verlegen.

„Weiß ich nicht“, gab sie zur Antwort.

Sie war noch da.

„Fährst du weg?“

„Nein.“

„Ich meine, ob du ins Büro fährst?“

„Nein, ich habe im Verlag angerufen, ich würde zu Hause arbeiten.“

Als er von seinen Zubringerdiensten heimkam, hatte sie noch immer am Küchentisch gesessen und ihr Spiegelbild in der Kaffeetasse angestarrt.

All das habe ich ihr zugefügt, ich, sagte er sich und empfand brennende Scham. Er setzte sich ihr gegenüber. Da sie anscheinend nicht gewillt war, sich mit ihm zu unterhalten, begann er nach langem Schweigen:

„Wie kann ich es nur wiedergutmachen, Sheila?“

Sie hob langsam den Kopf und sah ihn an.

„Ich glaube, überhaupt nicht“, sagte sie.

„Willst du damit sagen, daß wir uns wegen dieser Geschichte trennen sollen?“ fragte er.

„Das weiß ich nicht“, sagte sie. „ich weiß überhaupt nichts mehr. Ich wünschte nur …“

„Was?“

„Ich wünschte nur, ich brächte es fertig, es dir irgendwie heimzuzahlen, wenigstens meinen Zorn an dir auszulassen ..." Die Stimme versagte ihr. Fast hätte sie ihm verraten, daß sie ihn trotz allem noch liebte. Wenigstens das verschluckte sie.

„Ich kann mir denken, wie dir zumute ist", sagte er.

„Kannst du das wirklich, Bob?"

„So ungefähr schon. Mein Gott, ich wünschte, ich hätte dir nichts gesagt."

Das wünschte ich auch, dachte sie.

„Und warum hast du es mir gesagt, Bob?" Es klang wie ein Vorwurf.

„Das weiß ich nicht."

„O doch, das weißt du verdammt gut. Das weißt du ganz genau, Bob." Endlich explodierte sie. Weil sie jetzt wußte, was er von ihr erwartete. *Zum Teufel mit ihm.*

„Es geht dir um das Kind", sagte sie.

Es traf ihn wie ein Keulenschlag.

„Ich – ich glaube nicht", stotterte er.

Sie war sich ihrer Sache vollkommen sicher.

„Sieh mal, Bob, ich kenne dich in- und auswendig. Du hast dieses Kind nicht gewollt und auch nicht geplant, aber da es nun einmal da ist, fühlst du dich verantwortlich."

Hatte sie recht? Er wagte sich diese Frage nicht zu stellen.

„Ich weiß nicht", sagte er.

„Sei in Gottes Namen ehrlich vor dir selber, Bob. Irgendwie müssen wir der Tatsache doch ins Auge sehen."

Er griff nach jedem Strohhalm und deutete dieses „wir" als Zeichen dafür, daß für sie beide noch Hoffnung war.

„Also?" Sie wartete auf Antwort.

Schließlich nahm er allen Mut zusammen und bekannte sich zu seinen Gefühlen: „Ja, es stimmt. Erklären kann ich es nicht, aber ich habe irgendwie das Gefühl, ich müßte was unternehmen."

„Daß du nicht dazu verpflichtet bist, weißt du, nicht wahr?"

Selbstverständlich wußte er es. Theoretisch.

„Der Junge steht ganz allein in der Welt", sagte Bob, erleichtert, über das reden zu dürfen, was ihn bewegte. „Vielleicht könnte ich dazu beitragen, daß er ordentlich untergebracht wird. Verstehst du - nicht in einem staatlichen Heim.“

Nur weil du mit seiner Mutter geschlafen hast, bist du nicht mit ihm verwandt, schrie Sheila innerlich, sprach es aber nicht aus.

„Und wie hat du dir diese Hilfe gedacht?“ fragte sie.

„Ich weiß nicht. Ich könnte ja hinüberfliegen ...“

„Um was zu tun? Kennst du denn jemanden, der ihn eventuell bei sich aufnehmen würde. Hast du schon einen Plan?“

„Nein, Sheila, den habe ich nicht.“

„Was für einen Sinn hätte es dann, hinüberzufliegen?“

Er konnte diesen plötzlichen Impuls weder rechtfertigen noch erklären.

Da sagte sie etwas, das ihn beinahe umwarf.

„Es gibt meiner Ansicht nach nur eine Lösung, Robert - laß ihn herkommen.“

Er starrte sie an und glaubte seinen Ohren nicht zu trauen.

„Weißt du, was du da sagst?“

Sie nickte.

„Deshalb hast du es mir doch überhaupt erzählt, oder nicht?“

Er wußte es nicht genau, ahnte aber, daß sie recht hatte.

Wieder einmal.

„Hältst du das denn aus?“

Sie lächelte traurig.

„Ich werde schon müssen, Bob. Nicht etwa aus Großmut - nein, aus reiner Notwehr. Wenn ich nämlich jetzt nicht zulasse, daß du ihm hilfst, wirst du mir eines Tages vorwerfen, daß dein - dein Kind im Waisenhaus ist.“

„Das würde ich nie ...“

„O doch, das würdest du. Also tu es, Bob, ehe ich es mir anders überlege.“

Er sah sie an. Seine einzige Antwort waren ein paar mühsam hervorgestoßene Worte:

„Danke, Sheila.“

Sie besprachen den Besuch seines Sohnes aus Frankreich, der

mit ihnen reisen sollte, wenn sie während der Ferien nach Cape Code fuhren, und er ließ es zu, daß von der Zumutung, die das alles für seine Frau bedeutete, keine Rede mehr war.

„Aber nur für einen Monat", sagte sie, „keinen Tag länger. Das müßte diesem Louis oder wie er heißt genügen, eine endgültige Lösung zu finden."

Er sah sie an. „Du bist dir darüber klar, was du da vorschlägst?"

„Ja."

Er konnte es noch immer nicht glauben.

„Und was sagen wir den Mädchen?"

„Wir werden etwas erfinden."

Mein Gott, wie konnte sie so großherzig sein?

„Du bist einfach unglaublich", sagte er.

Sie schüttelte den Kopf.

„Nein, Robert. Ich bin nur neununddreißig."

4. Kapitel

Zwei Wochen später ging er den Korridor der Ankunftshalle Ausland im Flughafen Logan auf und ab.

Während der hektisch-beklommenen letzten Tage hatte er noch mehrmals mit Louis Venargues telefoniert. Um alles Nötige in die Wege zu leiten und den kurzen Amerikabesuch des Jungen zeitlich abzugrenzen. Einen Monat, keinen Tag länger. Louis sollte diesen Aufschub dazu nutzen, eine Alternative zu einem staatlichen Waisenhaus ausfindig zu machen.

Jean-Claude sollte er nur erzählen, daß alte Freunde seiner Mutter ihn zu sich eingeladen hätten. Das klang recht naheliegend, denn sicher hatte Nicole ihm von ihrem Jahr als Ärztin an einem Bostoner Krankenhaus erzählt.

Aber unter keinen Umständen sollte Louis dem Jungen sagen, daß Robert Beckwith sein Vater war.

„Natürlich nicht, Bobbie. Ganz wie du willst. Wird alles nicht einfach für dich sein. Ich versteh' schon."

Verstehst du wirklich? dachte Bob.

Und dann standen sie vor der schwierigen Aufgabe, es den Töchtern zu sagen. Nach langen inneren Kämpfen berief Bob eine Art Familienrat ein.

„Eine Bekannte von uns ist gestorben", sagte er.

„Wer?" fragte Paula besorgt. „Doch nicht Oma?"

„Nein", sagte Bob. „Niemand, den ihr kennt. Jemand in Frankreich. Eine Dame ..."

„Eine französische Dame?" fragte Paula.

„Ja", erwiderte Bob.

Jessie platzte heraus: „Wieso erzählst du's uns denn, wenn wir sie gar nicht kennen?"

„Sie hatte einen Sohn ...“

„Wie alt?“ fragte Jessie rasch.

„Hm - ungefähr in Paulas Alter.“

„Klasse!“ rief Paula.

Jessica schoß mörderische Blicke auf die kleine Schwester und wandte sich wieder an Bob.

„Und?“ wollte sie wissen.

„Und der ist jetzt ein Waisenkind“, erläuterte Sheila mit einer Betonung, die nur Bob dankbar anerkannte.

„Och je“, meinte Paula mitfühlend.

„Deshalb“, fuhr Bob fort, „weil er so allein ist, wollen wir ihn für eine Weile zu uns einladen. Für vier Wochen oder so was. Wenn wir drunten in dem großen Haus in Cape Cod sind.“

„Prima!“ quiekte Paula. Sie war ersichtlich dafür.

„Und du, Jessie?“

„Es gibt also noch so was wie eine ausgleichende Gerechtigkeit!“

„Wieso?“

„Na, wenn ich schon nicht nach Frankreich darf, hätte ich dann doch wenigstens einen echten Franzosen, mit dem ich mich darüber unterhalten kann.“

„Aber er ist erst neun“, gab Bob zu bedenken, „und sicher sehr traurig, wenigstens am Anfang.“

„Aber Vater, *reden* wird er doch können.“

„Das schon, natürlich.“

„Und das bedeutet, daß ich dann ein besseres Französisch hören würde als das von Mademoiselle O'Shaunessy. *Quod est demonstrandum,* Papi.“

„Er ist so alt wie ich und nicht wie du, Jess“, warf Paula ein.

„Liebes Kind“, sagte Jessie von oben herab, „dir wird er nicht einmal *le temps du jour* entbieten.“

„Was wird er mir nicht?“

„Geh und lern Französisch. *Vous êtes un* Hornochse.“

Jetzt war Paula sauer. Eines Tages würde sie es Jessie heimzahlen. Der ausländische Besucher würde bald merken, wer hier im Hause der wertvollere Charakter war.

Sonderbarerweise wunderte sich keines der beiden Mädchen, daß der Junge von der anderen Seite des Ozeans herüberkam, statt bei näher wohnenden Bekannten Ferien zu machen. Aber Neunjährige sind Feuer und Flamme bei der Aussicht auf den Besuch eines Gleichaltrigen. Und Zwölfjährige kennen nichts Schöneres, als ihre internationalen Kontakte auszudehnen und dadurch an Weltgewandtheit zu gewinnen.

Sheila zwang sich, ihre täglichen Pflichten zu erledigen, als sei nichts geschehen. Für die Mädchen, die gar nicht merkten, daß sich etwas geändert hatte, wirkte sie glaubwürdig. Sie arbeitete wie besessen, brachte sogar die Durchsicht des Reinhardtschen Manuskripts zu Ende. Bob durchschaute diese Scheingeschäftigkeit natürlich, konnte aber weder etwas tun noch etwas sagen. Je distanzierter sie sich gab, desto hilfloser fühlte er sich. So fremd waren sie sich noch nie gewesen. Hin und wieder, wenn er sich vergeblich nach einem Lächeln von ihr sehnte, haßte er sich. Hin und wieder aber auch den Jungen.

Die Leuchtschrift auf der Ankunftstafel zeigte an, daß die TWA-Maschine 811 von Paris eben gelandet war. Vor dem Doppelausgang für den Zoll bildete sich eine Menschengruppe.

Plötzlich hatte Bob große Angst. In den letzten Wochen hatten ihn die notwendigen Dispositionen so in Atem gehalten, daß er für Gefühle keine Zeit gehabt hatte. Nie hatte er sich ausgemalt, was er wohl empfinden werde, wenn diese Metalltüren aufgingen und sein Sohn in sein Leben trat. Nun nicht mehr als theoretisches Dilemma, über das telefonisch verhandelt wurde, sondern als Wesen aus Fleisch und Blut - ein lebendiges Kind. Die großen Türen wichen zur Seite. Zuerst kam die Besatzung und brabbelte etwas von dem ausgezeichneten Roastbeef in einem bestimmten Restaurant. Und ob man wohl hinterher noch rechtzeitig zu den Red Sox käme?

„Diese Disco kenne ich", sagte der Captain. Dann waren sie vorüber.

Im Augenblick, als die Türen aufgingen und der Vorraum zu

sehen war, reckte Bob den Hals: Er sah Schlangen von Fluggästen, die auf die Abfertigung warteten, aber keinen kleinen Jungen.

In seiner Nervosität fing er an zu „rauchen". Seit er es sich in der High School abgewöhnt hatte, sog er nur mehr an seinem Füller. Es beruhigte ihn etwas, bis er merkte, was er tat. Verlegen steckte er den Füller wieder ein.

Jetzt öffneten sich die Türen erneut. Diesmal kam eine Stewardeß heraus, die eine grünlederne Reisetasche trug und einen kleinen Jungen mit wirrem Haarschopf an der Hand führte. Er hielt eine TWA-Bordtasche an die Brust gedrückt. Die Stewardeß blickte suchend in die Menge und entdeckte Bob fast sofort.

„Professor Beckwith?"

„Ja." Er griff in die Brusttasche, um seine Papiere hervorzuholen. Aber die Stewardeß winkte ab. „Guten Tag. Bekannt zu machen brauche ich Sie beide wohl nicht." Sie wandte sich zu dem Jungen, sagte: „Na, dann viel Spaß" und verschwand.

Plötzlich waren die beiden miteinander allein. Bob sah auf den Jungen herunter. Sieht er mir auch nur entfernt ähnlich, überlegte er. „Jean-Claude?"

Der Junge nickte und streckte ihm die Hand hin. Bob beugte sich herab und schüttelte sie.

„Bonjour, monsieur", sagte das Kind höflich.

Obwohl Bob recht gut Französisch sprach, hatte er sich doch vorher ein paar Wendungen zurechtgelegt.

„Est-ce-que tu as fait un bon voyage, Jean-Claude?"

„Ja, aber ich sprech' englisch. Ich habe Privatstunden gehabt, seit ich klein war."

„Sehr gut", sagte Bob.

„Ich habe natürlich noch zu wenig Übung. Vielen Dank, daß Sie mich eingeladen haben."

Bob spürte, daß alles, was der Junge sagte, ebenso eingelernt war wie seine eigenen Fragen. Er nahm ihm die grüne Reisetasche ab.

„Soll ich dir die Bordtasche auch abnehmen?"

„Nein, danke", sagte der Junge und preßte den roten Stoffbeutel an sich.

„Ich habe ganz in der Nähe geparkt“, sagte Bob. „Hast du auch alles?“

„Ja, Sir.“

Sie gingen nebeneinander durch die Tore, hinaus auf den Parkplatz, wo die helle Sonne sich schon mit den Schatten des Spätnachmittags mischte. Die feuchte Hitze Bostons war noch immer drückend. Der Kleine folgte wortlos, immer einen halben Schritt hinter ihm.

„Der Flug war also okay, ja?“ fragte Bob noch einmal.

„Ja. Sehr lang, aber schön.“

„Und wie war - wie war der Film an Bord?“ (Auch diese Frage hatte sich Bob vorher genau überlegt.)

„Ich hab’ ihn mir nicht angesehen. Ich hab’ ein Buch gelesen.“

„Oh“, machte Bob. Jetzt waren sie beim Wagen angekommen.

„Sieh mal, Jean-Claude, ein Peugeot. Jetzt fühlst du dich schon fast wie zu Hause, was?“

Der Junge sah auf und lächelte ein ganz klein wenig. (Bedeutete das ja oder nein?)

„Möchtest du dich auf den Rücksitzen ein bißchen hinlegen?“ fragte Bob.

„Nein, Mister Beckwith, ich möchte lieber hinaussehen.“

„Nicht so förmlich, Jean-Claude, nenn mich bitte einfach Bob.“

„Ich bin nicht müde, Bob“, sagte Jean-Claude.

Als sie im Wagen saßen, fragte Bob: „Kommst du mit dem Sicherheitsgurt zurecht?“

„Nein.“

„Warte, ich helfe dir.“

Bob beugte sich nach rechts und zerrte am Sicherheitsgurt. Als er ihn unbeholfen einzuklinken versuchte, streifte er mit der Handkante die Brust des Jungen.

Mein Gott, dachte er. Er ist wirklich. Mein Sohn ist wirklich.

Es dauerte keine fünf Minuten, da fuhren sie durch den Sumner-Tunnel, und Jean-Claude schlief fest. Während der Fahrt auf der Route 93 blieb Bob unter der Geschwindigkeitsbegrenzung.

Normalerweise dauerte die Fahrt mindestens anderthalb Stunden. Aber er wollte soviel Zeit wie möglich haben, um den Jungen anzusehen. Nur anzusehen.

Jean-Claude hatte sich zusammengekuschelt, und sein Kopf lehnte an der Wagentür.

Ein bißchen ängstlich sieht er aus, dachte Bob, während er in die sinkende Dämmerung hineinfuhr. Na ja, ist nur natürlich. Schließlich war er vor rund zwanzig Stunden in seinem sonnigen, friedlichen Heimatdorf aufgestanden. Ob er sich wohl gefürchtet hatte, als er heute früh an Bord der Maschine nach Paris gegangen war? Ob er Südfrankreich überhaupt schon einmal verlassen hatte? (Das war ein nettes, harmloses Gesprächsthema für morgen.)

Hatte jemand von der TWA ihm, wie besprochen, in Paris beim Umsteigen geholfen? Er hatte sich Sorgen deswegen gemacht: ein so kleiner Kerl, der den Anschlußflug suchte. Wußte er, was er fragen mußte? Offenbar ja. Für einen Neunjährigen wirkte er schon sehr sicher.

Ein Neunjähriger. Schon fast ein Jahrzehnt hatte er gelebt, ohne daß Bob von seiner Existenz wußte. Und dabei weiß *er* noch immer nichts von *meiner,* dachte Bob. Was ihm wohl Nicole über seinen Vater erzählt hatte?

Er betrachtete das schlafende Kind und dachte, du bist ein Fremder in einem fremden Land, fünftausend Meilen von daheim, und hast keine Ahnung, daß neben dir dein Vater sitzt. Was würdest du sagen, wenn du es wüßtest? Hat es dir gefehlt, daß du mich nicht kanntest? Er blickte noch einmal hinüber. Hat es mir gefehlt, daß ich dich nicht kannte?

Gerade als sie durch Plymouth kamen, wachte der Junge auf. Er sah das Ortsschild.

„Ist hier der Felsen?" fragte er.

„Ja. Irgendwann fahren wir mal hin. Wir fahren zu allen berühmten Orten, solange du hier bist."

Dann kam der Cape-Cod-Kanal. Und Sandwich. Der Junge lachte.

„Gibt es wirklich einen Ort, der Sandwich heißt?"

„Ja.“ Bob lachte zur Gesellschaft mit. „Es gibt sogar ein Ost-Sandwich.“

„Wer hat sich nur einen so ulkigen Namen ausgedacht?“

„Wahrscheinlich jemand, der Hunger hatte“, meinte Bob. Der Junge lachte wieder.

Wie schön, dachte Bob, das Eis ist gebrochen.

Wenige Minuten später kamen sie an einem weiteren bedeutungsvollen Ortsnamen vorüber.

„Das ist wenigstens ein vernünftiger Name“, sagte Jean-Claude und grinste spitzbübisch.

„Orleans“, sagte Bob, „ja, aber hier tragen alle Jeanne d'Arcs einen Bikini.“

„Könnten wir da auch mal hinfahren?“

„Ja“, lächelte Bob.

Wellfleet, 6 Meilen

Bob wollte, die Fahrt ginge nie zu Ende. Doch eben das würde in wenigen Minuten der Fall sein. Seine Frau, seine Familie warteten auf sie.

„Du weißt doch, daß ich Kinder habe, Jean-Claude, oder?“

„Ja. Louis hat mir gesagt, daß du zwei Töchter hast und daß deine Frau sehr nett ist.“

„Ja, das ist sie“, sagte Bob.

„Hat sie meine Mutter auch gekannt?“ fragte er.

Du meine Güte, frag Sheila nur das nicht, Jean-Claude.

„Hm – ja, aber nur flüchtig.“

„Ach so. Dann warst du also besser mit ihr befreundet?“

„Ja“, sagte Bob und wußte, daß er ganz schnell hinzusetzen mußte: „Ich hatte sie sehr gern.“

„Ja“, sagte Jean-Claude leise.

In diesem Moment erreichten sie die Ecke der Pilgrim Spring Road. In sechzig Sekunden würden sie zu Hause sein.

5. Kapitel

Die Gefühle, mit denen sie alle Jean-Claude ansahen, waren höchst unterschiedlich.

Sheila zitterte innerlich. Sie hatte gemeint, darauf gefaßt zu sein, aber sie war es nicht. Der kleine Junge, der da in ihrem Wohnzimmer stand, war Roberts Kind. Das Kind ihres Mannes. Es traf sie mit ungeahnter Wucht. Erst jetzt wurde ihr klar, daß irgend etwas in ihrem Inneren sich geweigert hatte, die Wahrheit anzuerkennen. Jetzt gab es keine Flucht mehr. Da stand der Beweis, ein Meter zwanzig groß.

„Hallo, Jean-Claude. Wir freuen uns, daß du gekommen bist." Mehr brachte sie nicht heraus. Jede Silbe kostete schmerzhafte Anstrengung. Ob ihm auffiel, daß sie dabei nicht lächelte?

„Danke sehr, Madame", entgegnete er. „Und vielen Dank auch für die Einladung."

„Hallo, ich bin Paula."

„Sehr angenehm", sagte er lächelnd. Ihr Herz flog ihm zu.

Schließlich ergriff auch die Weltdame unter ihnen das Wort.

„Jean-Claude, je suis Jessica. Avez-vous fait un bon voyage?"

„Oui, mademoiselle. Votre français est éblouissant."

„Was?" Jessie war darauf vorbereitet gewesen, französisch zu sprechen, nicht darauf, es zu verstehen.

Bob sah die Kinder sich unterhalten. Mein Gott, dachte er, alle drei sind meine Kinder.

„Sein Englisch ist toll", sagte Paula zur Schwester, „und dein Französisch zieht einem die Schuhe aus."

„Paula!" fauchte Jessie und sah ihre Schwester an, als gehöre sie auf die Guillotine.

Jean-Claude äußerte diplomatisch: „Im Französischen bedeutet

‚zieht einem die Schuhe aus' auch ‚fabelhaft'. Es ist ein Slangausdruck."

Jessica war beruhigt. Der Sommer würde phantastisch *europäisch* werden!

„Madame?"

Jean-Cluade trat auf Sheila zu, wühlte in seiner Bordtasche und zog etwas heraus. Einen Klumpen. Aus Lehm? Es sah aus wie ein dickes Stück versteinerter Kaugummi. Das reichte er ihr.

„Oh. Danke schön", sagte Sheila.

„Was ist denn das?" fragte Paula.

Jean-Claude suchte in seinem Vokabular nach dem passenden Wort, konnte es nicht finden und wandte sich an Bob.

„Wie sagt man: *cendrier?"*

„Aschenbecher", sagte Bob und erinnerte sich plötzlich, daß Nicole geraucht hatte. In Sète hatte eigentlich jeder geraucht.

„Danke schön", wiederholte Sheila. „Selber gemacht?"

„Ja", sagte der Junge. „In der Keramikstunde."

„Ich habe als Wahlfach auch Töpfern", sagte Paula, um ihn wissen zu lassen, daß sie vieles gemeinsam hatten.

„Oh", sagte Jean-Claude. Donnerwetter, der ist ja eine Wucht, dachte Paula.

Sheila nahm das Geschenk und betrachtete es. Schließlich war es gut gemeint, eine rührende Geste. Ein Aschenbecher aus Ton, signiert vom Künstler selbst: *Guérin, 16.6.78.*

„Voulez-vous boire quelque chose?" fragte Jessica, drauf und dran, ihm Kognak oder Selterswassser oder was sonst dieser Franzose gern trank herbeizuholen.

„Non, merci, Jessica, *je n'ai pas soif."*

„Je comprends", sagte sie stolz.

Diesmal hatte sie tatsächlich verstanden.

Mademoiselle O'Shaunessy, es würde Sie glatt umhauen!

„Wie ist es denn so bei dir in Frankreich, Jean-Claude?" fragte Paula, um das Interesse des Besuchers wieder auf sich zu lenken.

Bob hielt es für geraten, das Gespräch abzukürzen.

„Über all sowas könnt ihr euch immer noch unterhalten. Ich glaube, Jean-Claude ist ziemlich müde. Stimmt's, Jean-Claude?"

„Ein bißchen", gestand der kleine Junge.

„Dein Zimmer ist gleich gegenüber von meinem", sagte Paula.

Jessie kochte innerlich. Wenn Paula nicht aufhörte mit dieser widerwärtigen Anhimmelei, würde sie vor Scham noch tot umfallen. Was um Gottes willen sollte er von ihnen denken?

„Ich bringe schon sein Gepäck hinauf", sagte Bob zu Sheila.

„Nein, das tu ich", erwiderte sie, ergriff die grüne Reisetasche (ob sie wohl *ihr* gehört hatte?), sagte: „Hier entlang, Jean-Claude" und ging die Treppe hinauf.

„Gute Nacht", sagte er verlegen und folgte ihr. Kaum war er außer Sicht, ging Bob an den Schnapsschrank.

„Mensch, ist der süß", platzte Paula heraus.

„Halbtot genieren kann man sich wegen dir, Mademoiselle Beckwith", fauchte Jessica. „Du hast auch nicht die leiseste Ahnung, wie man mit Europäern redet."

„Rutsch mir den Buckel runter", sagte Paula.

„Bitte, meine Damen", sagte Bob, mittlerweile durch einen Johnny Walker gestärkt, „benehmt euch eurem Alter entsprechend, ja?"

Die Aufforderung, sich ihrem Alter entsprechend zu benehmen, war für Jessica das rote Tuch.

„Vater, wenn du mich nicht ausstehen kannst, dann sag es ohne Umschweife!"

„Ich habe dich sehr lieb, Jessie." Er legte den Arm um sie, zog sie an sich und küßte sie auf die Stirn.

„Dein Französisch ist fabelhaft, Jess. Ich hatte keine Ahnung, daß du schon so gut sprechen kannst."

„Im Ernst, Papi?" Unglaublich – das hörte sich an wie bei einer nach väterlicher Anerkennung lechzenden Zwölfjährigen.

„Ja, im Ernst", sagte Bob. Er hielt sie immer noch an sich gedrückt.

„Sein Englisch ist super", sagte Paula, „und dabei ist er genauso alt wie ich."

„Er hatte Privatunterricht", erklärte Bob.

„Wieso?" fragte Jessie erwartungsvoll, „ist er adelig?"

„Nein", sagte Bob, „seine Mutter war Landärztin."

„Und sein Vater?"

„Das weiß ich nicht genau", wich Bob aus, „aber adelig war er bestimmt nicht."

„Er ist schon sehr selbständig", sagte Sheila.

„Inwiefern?"

Sie waren im Schlafzimmer. Die übrige Familie schlief bereits fest.

„Beim Kofferauspacken wollte er sich partout nicht helfen lassen und alles selber tun", sagte sie und fragte dann: „Ich war ziemlich reserviert zu ihm, wie?"

„Aber nein. Und wie war es für dich?"

„Na, wie wohl!"

„Du warst wundervoll", sagte Bob und griff nach ihrer Hand.

Sie wich aus.

„Die kleine Bordtasche hat er mit ins Bett genommen. Offenbar hat er all seine irdischen Schätze drin." Ihre Stimme klang distanziert.

„Schon möglich", sagte Bob und überlegte, was wohl ein Neunjähriger zum Trost bei sich tragen mochte.

Seine Blicke wanderten mit, als sie zum Zähneputzen ins Bad ging. Wenige Minuten später kam sie in Nachthemd und Morgenrock wieder. Seit kurzem hatte er das alarmierende Gefühl, sie ziehe sich vor ihm nicht mehr gern an und aus.

Sie setzte sich aufs Bett und stellte gewissenhaft den Wecker (warum eigentlich? Sie waren doch im Urlaub).

Er hätte sie so gern in die Arme genommen und an sich gezogen, aber das Gebirge aus Decken und Kissen zwischen ihnen schien unüberwindlich.

„Sheila, ich liebe dich."

Sie wandte ihm den Rücken zu und beschäftigte sich noch immer mit dem Wecker.

„Sheila?"

Sie drehte sich um.

„Er hat *deinen* Mund", sagte sie.

„Tatsächlich?"

„Daß dir das nicht aufgefallen ist, wundert mich."

Sheila schlüpfte aus ihrem Morgenrock und kroch unter die Decke. Einen Augenblick lang lag sie schweigend da, dann sagte sie:

„Sie muß braune Augen gehabt haben."

„Das weiß ich wirklich nicht mehr."

Sheila sah ihn an und sagte mit melancholischem Lächeln: „Laß gut sein, Bob."

Dann nahm sie das Kopfkissen und rollte sich in einer Ecke des Bettes zusammen.

„Gute Nacht", sagte sie.

Er lehnte sich hinüber und küßte sie auf die Wange. Sie rührte sich nicht. Er legte den Arm um sie. Sie reagierte nicht. Er hatte die unbestimmte Hoffnung gehabt, wenn sie miteinander schliefen, würde alles irgendwie besser werden. Jetzt erkannte er, daß sie sich dafür schon zu weit voneinander entfernt hatten.

Er rollte sich auf seine Seite des Bettes und griff nach dem Statistischen Jahrbuch. Das war besser als jedes Schlafmittel. Zerstreut blätterte er in einem besonders unoriginellen Artikel über statistische Wahrscheinlichkeitstheorie und dachte, heiliger Strohsack, so was habe ich schon millionenmal gesagt. Dann erst merkte er, daß der Artikel von ihm selbst war. Langweilig ist er trotzdem, dachte er, ich hätte Sheila bitten sollen, ihn zu kürzen.

„Bob!" Ihre Stimme ließ ihn zusammenzucken.

„Ja, Liebling?"

Er wandte sich ihr zu. Ihr Gesicht war schmerzverzerrt. Und dabei sah sie jünger und verletzlicher aus.

„Was habe ich eigentlich getan, oder besser - nicht getan?"

„Wie meinst du das?"

„Du hast mir immer noch nicht richtig erklärt, *warum* du es getan hast."

„Was getan?“ Er wußte es genau und fragte nur, um Zeit zu gewinnen.

„Was habe ich falsch gemacht, daß du ein Verhältnis anfangen mußtest?“

Verdammt, dachte Bob, warum begreift sie nicht, daß es – ja, was war es eigentlich: Schwäche? Zufall? gewesen ist. Was konnte er sagen, um sie zu besänftigen?

„Sheila, du hast nichts falsch gemacht ...“

„Dann also wir. Ich habe gedacht, wir wären glücklich.“

„Das sind wir. Das sind wir!“ Die letzten Worte sprach er mit ebensoviel Hoffnung wie Überzeugung.

„Wir waren es“, sagte sie und wandte sich ab, um zu schlafen.

Mein Gott, das ist wirklich ungerecht, dachte Bob. Ich kann mich nicht einmal mehr entsinnen, warum es überhaupt passiert ist.

6. Kapitel

„He, Beckwith, bei der Tanzerei sind heute ein paar tolle Weiber."

„Ich muß arbeiten, Bernie."

„An einem Samstagabend, an dem zweihundert Schönheiten aus Vassar unseren Campus beehren?"

„Ich hab' nächste Woche Zwischenprüfung."

„Haben wir alle. Eben deswegen mußt du zur Entspannung mal ein bißchen bumsen."

Robert Alan Beckwith, Yale-Jahrgang 59, legte sein Mathematikbuch beiseite und setzte sich auf der mottenzerfressenen Couch aufrecht hin. Er teilte ein Zweierappartement im Bradford College mit Bernie Ackerman.

„Bernie, du redest daher, als ob du jedes Wochenende eine aufs Kreuz legen würdest."

„Ich versuch's wenigstens, Beckwith, das wirst du doch noch anerkennen."

„Aber ja doch. Der Schüler hat sich bemüht, jedoch ohne Erfolg. Ackerman, du tust mir leid."

„Ich versuch' wenigstens, ein paar Tore zu schießen, Bob."

„Aber Bern', du schießt ja doch nur daneben, so wie ich auch. Aber ich mach' mich wenigstens nicht zum Trottel. Außerdem bin ich in Yale, um zu studieren."

Bernie musterte seinen Zimmergenossen kritisch.

„Hör mal zu, du Rindvieh: Der Eintritt zu diesem Ringelpiez ist gratis. Das bedeutet, daß es in Yale zum Studienprogramm gehört, hie und da mit einem Mädchen in die Horizontale zu gehen."

„Bernie, ich kenn' mich. Ich bin schüchtern. Mir fehlen dein umwerfender Witz und Charme. Ich kann sowieso nicht mit dir konkurrieren."

„Mal anders ausgedrückt: Du hast Schiß.“

„Nein, genauso ausgedrückt: Jawohl, ich habe Schiß.“

Damit vergrub Bob sich wieder in seine numerische Analyse. Bernie rührte sich nicht von der Stelle.

„Beckwith …“

„Bernie, geh du zurück zu der Tanzerei. Geil dich auf für nichts und wieder nichts. Mich aber laß hier ruhmlos aber geruhsam büffeln.“

„Und wenn ich dir helfe, Beckwith?“

„Ach laß doch. Du kannst dir ja nicht mal selber helfen.“

„Sag das nicht, ich hab' eine Geheimwaffe.“

„Dann würde ich sie benutzen.“

„Kann ich nicht, bin zu kurz geraten.“

Jetzt sah Bob auf, endlich hatte Bernie ihn neugierig gemacht.

„Kommst du mit, wenn ich dir meine Geheimwaffe leihe? Kommst du? Kommst du?“

„Was für 'ne Geheimwaffe denn, Bern?“

„Kommst du mit? Kommst du?“

„Okay, okay. Der Abend ist sowieso im Eimer, da kann ich auch auf ein Gratisbier gehen.“

Bernie widersprach nicht. Hauptsache, er hatte Bob dazu gebracht, seine übliche Zurückhaltung aufzugeben und sich unters Volk zu mischen. Vielleicht würde er mit der Geheimwaffe sogar Punkte sammeln.

„Ich werde mal duschen“, sagte Bob, der immer nervöser wurde.

„Du hast schon nach dem Essen geduscht. Los, los, uns bleibt nur noch eine Stunde, dann werden die ganzen Miezen nach Poughkeepsie zurückgekarrt.“

„Kann ich mich wenigstens noch rasieren?“

„Beckwith, du bist ungefähr so stark behaart wie ein Dosenpfirsich. Schnall die Waffe um, und wir mischen uns ins Kampfgetümmel!“

Bob seufzte. „Meinetwegen, wo ist das Ding?“

Bernies Augen funkelten vor Vergnügen.

„Hängt in meinem Schrank. Los, los, Beeilung!“ Er hopste jetzt wie ein Gummiball.

Bob holte seinen College-Blazer, kämmte sich und wusch sich das Gesicht. Nachdem er sich an jeder erdenklichen Stelle mit Old Spice befeuchtet hatte, kehrte er ins Wohnzimmer zurück, wo Bernie wie ein Miniaturkoloß auf dem Couchtisch stand, ein männliches Accessoire in der Hand.

„Was soll denn das?“

„Weißt du, was das ist, Beckwith? Weißt du's? Weißt du's?“

„Verdammt noch mal, was soll der Schlips?“

„Der bedeutet, daß sein Träger zum Footballteam von Yale gehört.“

„Gehör' ich doch gar nicht“, protestierte Bob.

„Aber ich“, sagte Bernie.

„Mann, du bist doch bloß Assistent vom Trainer.“

„Steht das vielleicht auf dem Schlips? Sag doch!“

„Aber Bern, ich bin trotz meiner 130 Pfund ein kompletter Schwachmatikus.“

„Dafür bist du ein Meter fünfundachtzig. Beckwith. Wenn du dir zwei, drei Pullis unterm Jackett anziehst, könntest du eine der großen Kanonen sein. Glaub mir, so einen Football-Schlips erkennen die Weiber sofort. Die stehen auf so was und lassen sofort die Höschen fallen.“

„Quatsch, Bernie.“

„Los, Beckwith, das ist deine große Chance.“

„You ain't nothin' but a hound dog ...“

Es war stockdunkel. Das ohrenbetäubende Getöse der Popgruppe McRumpel und seine Stilzchen ließ die Holzverschalung der Mensa von Branford mitschwingen. Es wurde gerockt und gerollt. An beiden Seitenwänden standen Unmengen von Menchen beiderlei Geschlechts, musterten einander und hofften, keiner würde es merken.

„Bernie, ich komm' mir vor wie der Trottel des Jahrhunderts.“

„Lampenfieber, sonst gar nichts, Bob, das kriegen meine Sportler vor jedem Spiel. Mann, du siehst aus wie Herkules.“

„Ich schwitz' mich kaputt in all den Pullovern.“

„Mann, Beckwith, schau dir diese Starbesetzung an!“ sagte Bernie und musterte die Menge. „Soviel Schönheit auf einmal schafft mich. Wenn es heute nacht nicht hinhaut, können wir uns begraben lassen.“

„Bitte, sprich im Singular, Bern.“

„Ha, dort erblicke ich die Dame meines Herzens!“

„Wo?“

„Da drüben. Die süße Kleine. Tschüs, ich muß los.“

Er zog ein letztes Mal Bobs Schlips zurecht und sprintete davon.

Bob war allein. Viel zu schüchtern, um auf der Tanzfläche stehenzubleiben, tat er einige Schritte in Richtung der Damen. Dabei fiel sein Auge zufällig auf ein großes, schlankes Mädchen mit langen, blonden Haaren. Junge, Junge, dachte er, wenn ich mich nur traute.

Leider machten ihr schon drei Yalies den Hof. Da hab' ich keine Chancen, dachte Bob. Außerdem ist mir zu heiß. Vielleicht sollte ich den Rückzug antreten - in mein Zimmer.

„Beckwith!“ schrie jemand.

Es war einer aus dem Trio, das die junge Dame umschwärmte.

„Ja, bitte?“

„Was zum Teufel hast du da um deine jämmerliche Gurgel?“

Jetzt merkte Bob zu seinem Entsetzen, daß die Stimme dem bulligen Terry Dexter gehörte, dem Captain des unbesiegbaren Footballteams.

„Wo hast du das Ding her?“ knurrte er, und als Erklärung für die Vassarstudentin: „Der darf den Schlips nämlich gar nicht tragen.“

„Und warum nicht?“ fragte das Vassarmädchen und wandte sich an Bob: „Bedeutet er was Besonderes?“

„Liga für geistig Behinderte“, grinste er. Du lieber Gott, wie schön sie war. „Von wegen!“ sagte Terry: „Das Footballteam natürlich.“

„Kein großer Unterschied“, entgegnete Bob.

Das Vassarmädchen mußte lachen. Jetzt kam der Football-Captain erst richtig in Rage.

„Beckwith, wenn du nicht ein so kümmerliches Würstchen wärst, würde ich dich für diesen blöden Witz zu Boden schicken.“

„Terry“, schaltete sich einer seiner Gefolgsleute ein: „Der Kerl hat das nicht ernst gemeint. Sei kein Idiot, bloß weil der einer ist.“

„Von mir aus“, knurrte Terry, „aber bind sofort den Schlips ab, Beckwith.“

Bob wußte, daß sich Terry von dieser Forderung auch durch gutes Zureden nicht würde abbringen lassen. Also band er heftig schwitzend den Schlips ab und händigte ihn aus.

„Bis dann Terry“, sagte er und räumte hastig das Feld, nicht ohne ein lässiges „Hat mich gefreut, dich kennenzulernen“ in Richtung der Vassar-Schönen zu werfen, die diese ganze peinliche Szene mit angesehen hatte.

Kaum war er in der Garderobe, riß er sich das Jackett vom Leib. Sei bedankt, Bernie, für diese Blamage. Das vergißt mir der Dexter nie. Und deinen gottverdammten Schlips kriegst du auch nicht wieder. Noch während Bob sich den ersten Pullover über den Kopf zerrte, hörte er ein gedämpftes „Verzeihung!“.

Er lugte aus dem Pulli. Es war das Mädchen.

„Ja, Bitte?“ sagte Bob, viel zu überrascht, um sich zu genieren, und zerrte den Pulli rasch wieder herunter.

„Du hast etwas vergessen“, sagte sie und hielt ihm mit der Linken den Footballschlips hin.

„Oh, danke. Ich habe bestimmt reichlich dämlich damit ausgesehen.“

„Nein“, sagte sie sanft. „Ich glaube, es waren die vielen Pullover, in denen du ein bißchen komisch gewirkt hast.“

„Oh“, sagte er. Und nach einem kurzen Schweigen: „Ich war eben erst sehr erkältet.“

„Aha“, sagte sie. Vielleicht glaubte sie es. „Warum willst du schon gehen?“

„Für Volksaufläufe eigne ich mich nicht.“

„Ich auch nicht“, sagte sie.

„Dafür hast du es gut gemacht.“

„Wirklich? Ich bin mir vorgekommen wie bei der Fleischbeschau.“

„Solche Tanzereien sind immer so.“

„Ich weiß“, sagte sie.

„Warum bist du dann gekommen?“ Blöde Frage. Bob bereute sie im gleichen Augenblick.

„Ich fühlte mich in Poughkeepsie so eingesperrt“, erwiderte sie. „Und außerdem - kannst du dir vorstellen, wie deprimierend es ist, in einem Mädchencollege am Samstagabend zu studieren?“

Sag was, Beckwith, sie hat dich was gefragt!

„Hm - würdest du gern spazierengehen?“ Großer Gott, hoffentlich glaubt sie jetzt nicht, daß ich sie auf mein Zimmer locken will.

„Oh - ich meine - im Hof?“

„Gute Idee“, sagte sie. „Hier drin ist die Luft zum Schneiden.“

Während sie die Steintreppe hinunterstiegen und in den kühlen Herbstabend hinauswanderten, machten sie sich bekannt.

„Ich bin Bob Beckwith. Und wie du sicher schon gemerkt hast, studiere ich Mathematik.“

„Stellst du dein Licht immer so unter den Scheffel?“

„Nur vor weiblichen Wesen. Ich habe vorhin deinen Namen nicht verstanden.“

„Sheila, Sheila Goodhart. Ich habe mir noch kein Hauptfach gewählt. Findest du das schlimm?“

„Im Gegenteil, das finde ich prima, Sheila. Es beweist deine geistige Unabhängigkeit.“ Sie lächelte.

Langsam wanderten sie durch den Hof. Man hörte die Popgruppe kaum noch.

„Dieses College ist so schön“, sagte sie, „wie aus einem anderen Jahrhundert.“

„Dabei fällt mir ein“, sagte Bob aus heiterem Himmel, „hast du nächstes Wochenende schon was vor?“

„Ja“, sagte sie.

Er war geknickt.

„Schade.“

„Ich meine, wegen der Zwischenprüfung. Ich muß pauken. Wie wäre es eine Woche später?“

„Und wie wäre es, wenn ich nächste Woche nach Vassar käme und wir büffelten gemeinsam? Ich meine im Ernst büffeln, Sheila, weil ich nämlich ein Streber bin und auch vor der Zwischenprüfung stehe."

„Das wäre fein, Bob."

„Na, großartig." Sein Herz schlug einen Purzelbaum.

Eine halbe Stunde später begleitete er sie zur Chapel Street, wo die Autobusse warteten. In seinem Inneren herrschte Aufruhr. Kuß oder nicht Kuß, das war die Frage. Schließlich beschloß er, auf Nummer Sicher zu gehen. Wozu etwas riskieren und sie verprellen.

„Also dann", sagte er, als sie in den Bus steigen wollte, „ich freu' mich auf nächstes Wochenende. Aber - ich - ich ruf' Mitte der Woche noch mal an. Sagen wir - Mittwoch um viertel nach acht. Okay?"

„Okay", sagte sie und „bis dann", wandte sich um und stieg rasch in den Autobus.

Er sah sie nach hinten durchgehen. Sie fand einen Sitzplatz auf der ihm zugewandten Seite, setzte sich und schaute durchs Fenster zu ihm hinaus. Selbst hinter einer verdreckten Scheibe sah sie einfach phantastisch aus.

Er stand wie angewurzelt, während sich der Bus vom Bordstein entfernte und die Straße hinunterfuhr, ins nächtliche New Haven.

„Wo zum Teufel warst du, Beckwith?"

„Weg, Bernie."

„Ich hab' überall nach dir gesucht. Du hast dich schnöde gedrückt, was?"

„Nein."

„Sondern?"

„Sondern was?"

„Was war denn, verdammt noch mal, was war denn?"

Bob ließ ihn zappeln. Endlich lächelte er und sagte: „Wir wollen es mal so ausdrücken, Bernie: Der Schlips hat funktioniert."

7. Kapitel

Als er sie dann am nächsten Wochenende küßte, war es um ihn geschehen. Er wußte, daß dies die große Liebe seines Lebens war. Woher, wird man vergeblich fragen. Er wußte es eben.

In den wenigen Minuten, die der schicksalhaften Umarmung vorausgingen, als sie von der Vassar-Kantine zu ihrem Wohnheim zurückschlenderten, machte er noch letzte, verzweifelte Versuche, seine Handflächen trocken zu bekommen. Immer wieder rieb er sie an seinem Pullover ab - es nützte nichts. Also konnte er nicht ihre Hand ergreifen. Statt dessen legte er ihr zwanglos den Arm um die Schultern. Dieser Leistung, die er die ganze Woche in Gedanken geübt hatte, folgte eine unerwartete Gegenleistung: Sie legte ihm den linken Arm um die Taille. Was bedeutet das? fragte sich Bob.

Für einen unbefangenen Beobachter war es eine Studentenverabredung gewesen wie viele andere. Den ganzen Nachmittag saßen sie sich lesend in der Bbiliothek gegenüber, verließen das Campusgelände, um bei Francesco Spaghetti zu essen, und kehrten in die Bibliothek zurück, wo sie, ihrem Vorhaben getreu, tatsächlich studierten. Nicht nur ihre Bücher, auch sich gegenseitig. Am Abend dieses Tages waren sie schon weit besser vorbereitet. Auf ihre Examen. Und darauf, eine Beziehung einzugehen.

Blieben noch die unumgänglichen biographischen Details: Sheila war die jüngste von drei Töchtern eines Arztes in der Gegend von Fairfield. Ihre Mutter - die einzige Demokratin der Stadt - schrieb gelegentlich Kunstkritiken für die Stamforder *Gazette.* Nicht nur waren ihre Eltern nicht geschieden, sie hatten auch keineswegs die Absicht, sich scheiden zu lassen. Vermutlich war das der Grund, warum sich Sheilas zwei Schwestern so jung verheiratet hatten.

Bobs Vater hatte an der Universität von Pennsylvenia fast vierzig Jahre lang Mathematik gelehrt, in dieser Zeit zwei Lehrbücher veröffentlicht und eine umfassende Witzsammlung angelegt („Aha, daher hast du deinen Sinn für Humor!"). Bobs Mutter war gestorben, als er knapp sieben Jahre alt war, und Dan Beckwith hatte es für das beste gehalten, seinen Sohn in ein Internat zu stecken. Zum Glück lag Lawrenceville keine Stunde von Philadelphia entfernt, und so konnten sie jedes Wochenende zusammen verbringen. Trotzdem war der Alltag recht trostlos, bis in der dritten Klasse Bernie Ackerman die Szene betrat. Schon damals war er komplett irre, eine Sport-Enzyklopädie auf zwei Beinen und ein fanatisch treuer Freund.

„Dank Bernie habe ich meine künftige Frau kennengelernt", sagte er nach dem Abendessen zu Sheila.

„So?" meinte sie spöttisch.

„Ja. Dich nämlich", sagte er.

Sie lachte.

„Das ist mein voller Ernst!" beharrte er.

„Wir haben uns doch eben erst kennengelernt", protestierte sie und vermied es, ihn dabei anzusehen.

„Sheila, Romeo und Julia waren bei ihrem dritten Rendezvous schon tot!"

„Du bist verrückt."

„Ja, nach dir."

Das war bei Kaffee und Nachtisch. Mehr wurde an jenem Abend über eine künftige Verehelichung nicht geredet. Bob glaubte, alles gesagt zu haben. Und Sheila glaubte, er habe sie nur necken wollen.

Dabei gefiel er ihr ausnehmend gut. Und deshalb legte sie den Arm um ihn.

An der Schwelle von Josselyn Hall herrschte das übliche Gedränge sich küssender Paare, deren Abschiedsgeschmuse etwas Gehetztes hatte.

„Es ist schrecklich, daß du jetzt noch die lange Fahrt zurück nach Yale vor dir hast", sagte Sheila.

„Ein Wort von dir, und ich bleibe!“ entgegnete Bob.

„Du kannst aber auch nie ernst sein.“

„Sie irren sich, Miß Goodhart. Ich hab’ es noch nie ernster gemeint.“

Was anschließend geschah, wurde in den folgenden Jahren immer wieder erörtert. Wer küßte wen zuerst?

„Ich dich“, behauptete Sheila unerschütterlich.

„Unsinn, Sheila, du warst wie gelähmt.“

„Na und du?“

„*Ich* war ganz cool. Aber als mir klar wurde, daß du nachts kein Auge zutun würdest, wollte ich dich von deinen Qualen erlösen.“

„Robert spiel nicht den Helden. Ich weiß noch genau, wie du dastandest und was von den Prüfungen gestottert hast und alle paar Sekunden auf die Uhr sahst ...“

„Reiner Unsinn, Sheila ...“

„Und da - da bin ich eben geschmolzen.“

„Aha.“

„Ich sagte mir, wenn ich den jetzt nicht küsse, verfällt er noch in katatonische Starre ...“

„Das klingt so nach Rotkreuzkurs!“

„Na ja, ich bin Arzttochter und erkenne einen schweren Fall auf den ersten Blick. Außerdem war ich bereits verliebt in dich.“

„Warum zum Teufel hast du es dann nicht gesagt?“

„Weil ich Angst hatte, du würdest mich dann wieder bitten, dich zu heiraten.“

„Na und?“

„Vielleicht hätte ich ja gesagt.“

„Los, Sheila, erzähl mir alles.“

„Alles worüber?“

„Über den Jungen, den du geküßt hast.“

„Er heißt Bob.“

„Bob wie weiter? Was, wie und seit wann?“

Diese Fragen stellte Margo Fulton, Literaturpäpstin von eigenen Gnaden, geistreiche *femme fatale,* Nachrichtenumschlageplatz und

Verteilungsstelle von Ratschlägen zur Lebensbewältigung. Die Aspasia von Josselyn Hall. Zugleich Inhaberin eines privaten Telefonapparats, den einige Stars des Campus mit ihrer Erlaubnis benutzten. Zu diesen Bevorzugten hatte auch Sheila gehört, damals, als sie noch mit Ken ging, ihrem Verehrer aus der Schulzeit. (Später hatte er ein Fulbrightstipendium nach England bekommen und – um mit Margo zu sprechen – sie sitzengelassen wie ein Lump, „für den ich ihn übrigens schon immer gehalten habe".)

„Los, los, ich bin ganz wild auf jede Einzelheit. Erzähl schön der Reihe nach. Ist er zudringlich geworden?"

„Ich weiß gar nicht, was du meinst, Margo", protestierte Sheila.

„Ach komm schon, vor deiner besten Freundin brauchst du dich doch nicht zu genieren." Auch hierzu hatte Margo sich wie üblich selbst ernannt. „Übrigens", teilte sie mit, „ich habe ein phantastisches Wochenende hinter mir."

„Ach ja," machte Sheila.

Widerstrebend ließ Margo sich herbei, diesem Drängen nach weiteren Enthüllungen zu entsprechen.

„Ich glaube, es ist Liebe", fuhr sie fort, „auf alle Fälle ist es Leidenschaft. Er heißt Peter, spielt Polo und hält mich für eine tolle Sexbombe."

„Aber Margo – du hast doch nicht etwa ..."

„Kein Kommentar, Sheila."

Im Wohnheim kursierte das Gerücht, Margo sei keine Jungfrau mehr. Außerdem kursierte das Gerücht, sie selbst habe das Gerücht in Umlauf gesetzt.

„Wo hast du ihn kennengelernt?" fragte Margo, plötzlich das Thema wechselnd.

„Voriges Wochenende in Yale. Bei einer Tanzerei. Kannst du dir das vorstellen?"

„Einer Tanzerei? Großer Gott, ich bin seit Jahren nicht mehr zu so was gegangen. Und dabei habe ich Rex doch bei einer Tanzerei kennengelernt. Erinnerst du dich noch an Rex?"

„Ich glaube schon."

„Er war einfach ein Vulkan! Ich meine - du machst dir keine Vorstellung, Sheila. Übrigens, wie groß ist er eigentlich?"

„Wer? Rex?"

„Nein, dein Yalie. Das konnte ich nämlich nicht sehen, weil er sich gerade herunterbeugte, um dich zu küssen."

Sheila war entschlossen, Margos Klatschcomputer nicht mit Bobs Personalien zu füttern, und antwortete mit einer Gegenfrage: „Er ist lieb, nicht wahr?"

Margos Verhör war jedoch noch nicht zu Ende. „Meint er es ehrlich, oder ist das auch so ein Lump und Sittenstrolch?"

„Er ist nett", antwortete Sheila. Und dachte innerlich, ja, er ist wirklich und wahrhaftig nett.

„Aussehen tut er wie ein Basketballspieler. Ist er einer?"

„Danach habe ich ihn nicht gefragt, Margo."

„Ja, worüber um Himmels willen habt ihr euch denn unterhalten?"

„Über alles mögliche", sagte Sheila. Sie hatte nicht die Absicht, auch nur eine Silbe von dem preiszugeben, was sie gesprochen hatten.

„Hoho", meinte Margo, „das klingt ja *très piquant.* Wenn er wirklich Basketballspieler ist, hast du übrigens Glück gehabt. Die sind im Bett am besten. Hab' ich jedenfalls gehört. Douglas, der war ja - wenn ich es mir recht überlege - eine ziemliche Enttäuschung."

Sheila fragte gar nicht erst, wer Douglas war, sie wußte nur zu gut, was jetzt kommen müsse.

„Nur weil er für Princeton immer alle Punkte holte, meinte er, bei mir könne er gleich beim ersten Rendezvous auch schon alle holen. Ein Lüstling war das, einer mit einer schmutzigen Phantasie. Erinnerst du dich noch an Douglas?"

„Ja, ja, das war der Princeton-Champion", äußerte Sheila.

„Jedenfalls hielt er sich dafür. Und hatte mehr Arme als ein Polyp. Ich war so - so - beleidigt, daß ich ihm sagte, er brauche mich *nie mehr* anzurufen. Weißt du übrigens, was er gemacht hat?"

„Was denn?"

„Er hat tatsächlich nie mehr angerufen. Noch nicht mal, um sich zu entschuldigen. Mistbock, gemeiner. Na, jedenfalls sieht dein Yalie sehr gut aus. Glaubst du, daß du mit ihm ...?"

Geht dich einen feuchten Staub an, dachte Sheila. Weil sie aber von jeher der Meinung war, Margo meine es im Grunde nur gut, antwortete sie: „Na ja, man wird sehen."

„Wann trefft ihr euch wieder?"

„Nächstes Wochenende. Diesmal fahre ich hin."

„Oh", machte Margo. „Übrigens: Hat er einen Freund?"

„Das muß ich erst fragen. Ich dachte, mit den unteren Semestern hast du nichts mehr im Sinn?"

„Normalerweise nicht. Ich tät' es nur für dich, Sheila. Du wirst den reichen Schatz meiner Erfahrungen jetzt gut brauchen können."

„Damit willst du sagen, Margo, daß du nächstes Wochenende noch nichts vorhast. Hab' ich recht?"

„Zufällig hast du recht. Peter ist noch so ein grüner Junge, daß er nicht wagte, mich um irgend etwas zu bitten. Wenn du willst, kannst du morgen mein Telefon benutzen."

„Danke, Margo", sagte Sheila und gähnte ostentativ.

„Gute Nacht, träume süß", sagte Margo. „Wir reden morgen weiter."

Endlich ging sie, um jemand anderem einen Besuch abzustatten und mit ihm Herzensergüsse zu tauschen. Sheila streckte sich im Bett aus und lächelte. Ob er es wohl ernst meint, dachte sie.

„Schönen Dank für den Wagen, Bern."

„Hast du Gebrauch davon gemacht?"

„Klar. Ich bin nach Vassar gefahren ..."

„Daß du gefahren bist, weiß ich, du Idiot. Ich meine die Rücksitze."

Bob sah sich gezwungen, die intellektuelle Neugier seines Zimmergenossen zu befriedigen.

„Ach so, das. Ich habe sie zwölfmal gebumst."

„Angeber!"

„Würdest du mir glauben, wenn ich sage: sechsmal?“

„Hör auf, mich anzulügen, Beckwith!“

„Also gut, Bern. Die nackte Wahrheit ist: Ich habe sie geküßt. Einmal.“

„Jetzt weiß ich hundertprozentig, daß du lügst!“

Es war schon nach drei Uhr früh und die Woche vor der Zwischenprüfung. Trotzdem setzte Bob sich hin und lieferte dem Freund ein paar wohlüberlegte, vage Einzelheiten.

„Allmählich hab' ich den Eindruck, sie gefällt dir, Beckwith.“

„Doch, doch.“ Um das mindeste zu sagen.

„Sieht sie denn so phantastisch aus?“

Klar, du Trottel, in Ohnmacht würdest du fallen, wenn sie dich nur ein einziges Mal mit ihren grünen Augen ansehen würde. Aber solche Besonderheiten erzähl' ich dir nicht. Bob verkroch sich hinter einem Zitat.

„Erinnerst du dich an Spensers *Epithalamion?* Die ‚innerliche Schönheit, die kein Aug erblicket‘, die hat sie, verstehst du.“

„Mit anderen Worten: eine Vogelscheuche.“

Bob lächelte.

„Daß ich eine Traumfrau finden könnte, glaubst du nicht, was?“

„Offen gestanden, nein. Warum sollte sie dich nehmen?“

„Man kann nie wissen“, sagte Bob mit undurchdringlicher Miene. Er stand auf und steuerte seine Schlafzimmertür an.

„Wo willst du denn hin?“

„Ins Bett. Gute Nacht.“ Er machte die Tür hinter sich zu. In seinem Kämmerchen nahm Bob einen Briefbogen mit dem Aufdruck des Branford College aus dem Schubfach und schrieb:

16. November 1958, 3 Uhr 35

Sheila!

Ich habe jedes Wort ernst gemeint.

Bob

8. Kapitel

Das Komische an der Sache war, daß sie tatsächlich heirateten. Nicht so schnell, wie sie beide es sich wünschten, aber doch immerhin im Juni 1960, eine Woche nach Sheilas Abschlußexamen. Alle waren zufrieden, obwohl Sheilas Mutter, die doch „so große Stücke auf Bob hielt", die Tochter während der langen Verlobungszeit von einer überstürzten Eheschließung abzuhalten suchte. „Ihr seid beide noch so jung. Willst du nicht vorher noch ein bißchen dein Leben genießen?"

„Gern, Mutter. Aber ich möchte es mit *ihm* genießen."

Dan Beckwith hatte in dieser Hinsicht keine Bedenken. „Das Mädchen ist prima", sagte er zu seinem Sohn, „einfach prima".

Ihre Flitterwochen verbrachten sie auf den Bahamas, wo Bob sich - an das Tropenklima nicht gewöhnt - erst einmal einen gewaltigen Sonnenbrand holte. Seine Frischangetraute wurde zu seiner Krankenschwester.

„Vielleicht will Gott uns dafür strafen, daß wir nicht bis nach der Hochzeit gewartet haben", sagte Sheila und glaubte es beinahe selber.

Bob stöhnte nur und sagte: „Tu noch ein bißchen mehr Kühlsalbe drauf, ja?"

Als sie ihm sanft den entzündeten Rücken einrieb, kam sie nochmals auf das Thema der himmlischen Vergeltung für voreheliche Freuden zurück.

„Sheila", sagte der krebsrote Bob, „auch wenn es mit einem solchen Sonnenbrand bestraft wird - ein Jahr Liebesfreuden mit dir ist es wert."

Sie küßte ihn auf die Schulter.

„Aua", sagte er.

An ihrem zweiten Hochzeitstag fragte Bob seine nunmehr dreiundzwanzigjährige Ehefrau, ob sie etwas bereue.

„Ja“, sagte sie, „ich bereue, dich nicht schon an dem Tag geheiratet zu haben, an dem du mir den ersten Antrag gemacht hast.“

Ihre Ehe erinnerte an Popcorn mit Honig: Sie konnten gar nicht genug davon bekommen.

„Dauernd hockt ihr beisammen“, sagte Bernie einmal, als er aus Yale zu ihnen zu Besuch kam.

„Wird euch das denn nie - äh - langweilig?“

„Nein“, sagte Bob, „wie kommst du darauf?“

„Ich weiß nicht recht, mir wird's manchmal schon beim zweiten, dritten Rendezvous langweilig.“

„Du bist eben noch nicht dem richtigen Mädchen begegnet.“

„Mensch, Beckwith, du hast eben Schwein gehabt.“

„Weiß ich.“

Bernie nahm sich ein Beispiel an den beiden. Drei Monate später verlobte er sich mit Nancy Gordon, einer Volksausgabe der einstigen Sheila Goodhart. Alle hielten ihnen die Daumen. Und es funktionierte. Die beiden bekamen sogar noch vor Ablauf eines Jahres einen Sohn.

Weder Bob noch Sheila konnten sich einer Zeit erinnern, in der einer ohne den anderen gewesen war. Hand in Hand durchwanderten sie ihre restliche Collegezeit. Hand in Hand wanderten sie den Charles entlang, als Bob am M.I.T. in Cambridge seine Doktorarbeit schrieb und Sheila bei der Harvard Press arbeitete. Ein-, zweimal im Monat luden sie ein Rudel Freunde zum Essen ein. Dann sahen alle, wie Bernie, neiderfüllt ihr Glück und wünschten sich eine solche Beziehung.

Im Gegensatz zu früheren Klassenkameraden, die Literatur, Wirtschaftswissenschaft oder Medizin studierten, brauchten sie nicht jeden Pfennig umzudrehen. Die Regierung bezahlte Bobs Studium, und die Armee bezahlte ihn jeden Sommer für das Vergnügen, statistische Rätsel zu lösen. Mit dem, was Sheila dazuverdiente, konnten sie sich sogar den Luxus von Konzertabonnements leisten. Sie hätten auf Reisen leben können, weil Bob zur

Ausübung seines Berufes nur seinen Kopf mitzunehmen brauchte, aber Sheila blieb im Sommer lieber in Cambridge. Sie war gern dort, und sie liebte ihre Arbeit. Zuerst hatte sie Briefe getippt, bald danach ließ man sie Fahnen korrigieren, und schließlich stieg sie zur Lektorin auf. An ihrem vierten Hochzeitstag wurde Bob von ihr ins *Chez Dreyfus* eingeladen, und sie bestand darauf, das Essen über ihr neueröffnetes Spesenkonto zu verrechnen.

„Du brauchst uns nur zu versprechen, daß wir dein nächstes Buch bringen dürfen", sagte sie.

Sein nächstes Buch? Er hatte überhaupt noch keins geschrieben, nicht einmal seine Dissertation war fertig. Wegen der 27 Dollar 50 für das Dinner fühlte er sich der Havard University Press so verpflichtet, daß er sich am Riemen riß und die Dissertation noch im gleichen Sommer zu Ende schrieb. Im Herbst, während er Unterricht gab, schrieb er sie zu einem Buch um, und der Verlag nahm es an, ehe Sheila Zeit hatte, sich über das Dinner des nächsten Hochzeitstages Gedanken zu machen.

Um nicht an die Wand gespielt zu werden, feierte Margo die Hochzeit des Jahres (so jedenfalls nannte sie sie) mit Robbie Andrews von den Ridgefielder Andrews'. Der Aufwand bei Hochzeit und Flitterwochen wurde nur von dem bei der Scheidung, sechzehn Monate danach, übertroffen. Nach dieser traumatischen Erfahrung *en route* nach Europa besuchte Margo die Beckwiths in ihrer Wohnung in der Ellery Street, die sie *très mignon* fand.

„Na, sag bloß", flüsterte sie, als Bob die Kaffeetassen in die Küche trug, „der ist ja so - so erwachsen geworden! Trainiert er Gewichtheben?"

„Nein."

„Aber irgendwas tut er doch, Sheila."

„Sheila lächelte und zuckte die Achseln, aber Margo war bereits auf der richtigen Spur.

„Aber Sheila, du wirst ja *rot!*"

„Tatsächlich?"

„Du willst doch nicht etwa andeuten, daß Bob - daß er im Bett ein Athlet ist?"

„Nein - ich meine ..."

„Komm schon, Sheila, ich bin's, deine gute alte Margo. Mir kannst du doch alles sagen. Ist er ein wildes Tier? Ist er absolut unersättlich?"

„Können wir nicht von etwas anderem sprechen?"

„Mein Gott, Sheila, sage es mir, oder ich falle hier auf deinem nagelneuen Teppich tot um!"

„Na ja ... ich glaube, wir sind es beide."

Diesmal errötete Margo.

„Während der Wehen auf die Anwesenheit eines anderen zu reagieren, setzt großes Vertrauen zwischen den Partnern voraus."

Bob kritzelte fieberhaft.

„Du brauchst doch nicht jedes Wort mitzuschreiben", flüsterte Sheila.

„Pst, hör zu", mahnte Bob und kritzelte weiter. Die Kursleiterin, eine schlanke Frau mit sportlicher Figur und holländischem Akzent, hatte ihre Vorrede beendet.

„Und nun, meine Damen, nehmen Sie Ihre Kissen und setzen sich auf den Fußboden. Die Herren bitte jeweils zu ihren Häupten."

Ein Dutzend Schwangere setzten sich gehorsam im Kreis auf den Fußboden des Cambridge Centers für Erwachsenenbildung, in dem Ritje Herman ihnen beibrachte, wie man bei der Entbindung atmen soll.

Bob war diese avantgardistische Art, sich auf die Elternschaft vorzubereiten, gar nicht recht. Wenn ich nur nicht ohnmächtig werde, dachte er. Er bewunderte seine reizende Frau, die in regelmäßigen Abständen zu seinen Füßen einatmete und wieder ausatmete, und hörte mit zunehmendem Unbehagen, was sie noch alles lernen mußten.

„Vergessen Sie eines nicht: Ihr Ehemann ist Ihr Trainer. Er reguliert und kontrolliert Ihre Atmung."

„Hast du das aufgeschrieben, Bob?" fragte Sheila lächelnd vom Fußboden herauf.

„Ja, Liebling."

„Vergiß es nicht – ohne Anweisung von dir tu ich einfach überhaupt nichts", neckte sie ihn.

Das kann ja heiter werden, dachte er. Gleich fall' ich wirklich in Ohnmacht.

Beim Einüben der Kreuzbein-Lendenwirbel-Massage auf Sheilas Rücken blickte sich Bob im Raum um. Nur in Cambridge war eine so bizarre Versammlung denkbar: ein Taxichauffeur, mehrere Studenten, ein nervöser Neurochirurg und ein ostafrikanischer Prinz. Sogar ein Mümmelgreis von mindestens vierzig mit seiner viel jüngeren Frau. Den Frauen waren der Stolz auf die bevorstehende Mutterschaft und das Gefühl gemeinsam, auszusehen wie Tänzerinnen eines Elefantenballetts. Den Männern nur eines: die Angst.

Mit Ausnahme des alten Knaben. Der war mit Feuereifer bei der Sache. Er legte sich sogar zu seiner Frau auf den Fußboden und machte jede Übung mit. Bob beneidete ihn fast um seine Unbefangenheit. Der würde seine Frau sicherlich in keiner Situation im Stich lassen.

„Ich glaube, du hättest alles mehr von meinem Standpunkt aus betrachten sollen, Bob."

Es war nach der ersten Unterrichtsstunde. Sie aßen bei Mr. Bartley rasch einen Hamburger.

„Und wie wirkte das Ganze vom Fußboden aus?"

„Ich sah, wie die Männer auf ihre Frauen heruntersahen. Der arrogante Kerl im braunen Tweedjackett, du weißt schon – der, den du für so selbstsicher hältst?"

„Was ist mit dem?"

„Der glaubt nicht einmal, daß das Kind von ihm ist."

„Na, hör mal!"

„Verlaß dich drauf. Er hat öfter auf die Uhr gesehen als auf seine Frau. Und wenn Ritje es ihm nicht verboten hätte, hätte er sogar geraucht."

„Und wie habe ich meine Sache gemacht?" fragte Bob, der dringend Ermutigung brauchte.

„Das kann ich nicht beurteilen, Robert, du bist der süßeste Ehemann der Welt."

Er küßte sie und bekam Senf auf die Lippen.

Sie waren gerade in das neue Haus in Lexington eingezogen. Die Möbel standen, aber es waren erst knapp die Hälfte der Bücher eingeräumt. Am Neujahrstag 1966 wehten eisige Polarwinde. Bob blickte aus dem Fenster und dachte bei sich: Hoffentlich muß ich nicht hinaus in dieses Hundewetter.

Fünf Stunden später - wie konnte es anders sein! - rasten sie über die Route 2 nach Boston hinunter.

„Atme gleichmäßig und fahr ganz vorsichtig, Liebling", sagte er.

„Das Atmen besorge *ich,* und das Fahren du. Also beruhige dich."

Er fuhr, aber beruhigen konnte er sich nicht. Als sie die Klinik erreichten, hatte er Magenkrämpfe - in den gleichen Abständen wie sie die Wehen. Er half ihr aus dem Wagen, und sie drückte zärtlich seine Hand. „Es wird schon alles gutgehen", tröstete sie ihn.

Im Kreißsaal stellte er fest, wie lange ihre Wehen dauerten, wie groß der Abstand dazwischen war, und schrieb alles auf. Jedesmal hielt er ganz fest ihre Hand. Manchmal blickte er zur Wanduhr hinauf, weil er ihre Qualen nicht mit ansehen konnte. Sie war so tapfer.

„Du bist ein fabelhafter Trainer, Bob", flüsterte Sheila. Als sie den Gang entlang gerollt wurde, behielt er ihre Hand in der seinen.

„Nun sind wir schon in der Schußgeraden, Liebling. Jetzt weiß ich, daß wir es schaffen."

Damit wollte er ihr zu verstehen geben, daß er doch nicht in Ohnmacht fallen würde.

Als Dr. Selzer es ihr befahl, preßte sie, und bald erschien ein winziges Köpfchen.

Bob blinzelte in dem blendenden Licht und staunte es an, halb schon in der Welt, halb noch von Sheila umschlossen. Grundgütiger Himmel, dachte er, es geschieht wirklich. Es gibt unser Baby wirklich.

„Gratuliere", sagte Dr. Selzer, „Sie haben ein reizendes kleines Mädchen."

Da der Name seit langem feststand, flüsterte Sheila ihrem Mann unter Tränen zu.

„O Bob, es ist Jessica."

„Sie sieht aus wie du", sagte er, „wunderschön."

Und er küßte die Mutter seines Kindes.

9. Kapitel

„Er hat selber sein Bett gemacht!“

Hingerissen erstattete Paula am nächsten Morgen ihrer Mutter Bericht.

„Nett von ihm“, entgegnete Sheila, bei weitem nicht so beeindruckt, „aber findest du das wirklich so aufregend?“

„Ich wollte es doch für ihn machen.“

„Wirklich? Das ist ja ganz was Neues. Sonst machst du doch nicht mal dein eigenes.“

„Mach ich *doch!*“

„Nur bei Nötigung.“

„Und was ist Nötigung?“

„So was wie Gewalt“, erklärte ihr Sheila Beckwith.

Zum Frühstück waren sie zu fünft. Sheila kämpfte den Groll nieder, den sie insgeheim empfand.

„Hast du gut geschlafen, Jean-Claude?“ fragte sie.

„Ja, danke, Mrs. Beckwith.“

Er blickte etwas unglücklich in seinen Kakao.

„Hast du noch Hunger?“ fragte Sheila. „Wenn du noch etwas willst …“

„Nein, danke. Das heißt …“

„Genier dich nicht“, sagte Sheila.

„Also – zu Hause krieg’ ich morgens immer Kaffee.“

„Wirklich wahr?“ hauchte Paula ehrfürchtig. So ein mondäner Lebensstil!

„Ach so, natürlich“, sagte Sheila. „Ich hätte vorher fragen sollen.“ Sie stand auf und brachte ihm Kaffee. Er sah sehr erleichtert aus und bot ihr dafür sein Glas Kakao an.

„Heute gehen wir zu einem Barbecue“, sagte Jessie, „kennst du so was, Jean-Claude?“

„Ich glaube schon.“

„So was wie ein Picknick“, beschrieb ihm Paula.

„Aha“, sagte Jean-Claude. Die Aussicht schien ihm wohl nicht gerade verlockend. Wahrscheinlich dachte er: noch mehr fremde Gesichter.

Paula fuhr begeistert fort: „Bei so was gibt’s Würstchen und Hamburger und Maiskolben mit zerlassener Butter.“

„Seit wann machst du Reklame für McDonalds?“ fragte Jessie sarkastisch.

„Weißt du, was McDonalds ist?“ fragte Paula Jean-Claude übereifrig.

„Ja. Ein Restaurant in Paris. Dort hab’ ich mal gegessen.“

In dem Peugeot, mit dem sie alle nach Truro zu Bernie Ackermans Ferienhaus fuhren, herrschte Gedränge.

„Mit dem war ich schon befreundet, als ich ungefähr so alt war wie du jetzt, Jean-Claude“, sagte Bob. Von Zeit zu Zeit warf er einen Blick in den Rückspiegel, um den Jungen zu betrachten.

„Ein stinklangweiliger Typ,“ sagte Jessie, „kann über nichts reden als über Sport.“

„Benimm dich, Jessica“, sagte Bob streng.

Jean-Claudes Interesse war geweckt. „Ist er Berufssportler?“ fragte er.

„Bernie ist Jurist“, erläuterte Bob, „aber der Anwalt von vielen berühmten Sportlern, Baseball, Hockey und Football …“

„Fußball?“ Jean-Claudes Augen leuchteten auf. „Nur die amerikanische Abart“, sagte Jessie wegwerfend, „bei der man sich gegenseitig die hohlen Köpfe einrennt.“

Bob seufzte ärgerlich.

Erst als sie in *Home Plate* anlangten, wie Bernie sein Heim benannt hatte, fiel ihm plötzlich auf, daß seine Frau während der ganzen Fahrt kein Wort gesprochen hatte.

Sheila sah blicklos auf das bunte Mosaik aus T-shirts, Jogginganzügen und Sommerkleidern. Sonst hatte sie ihre Freunde immer mit einem Lächeln begrüßt. Ob sie diesmal bemerken würden, wie traurig ihr ums Herz war? Zum Glück schien jeder vollauf damit beschäftigt, sich zu sonnen, Frisbis zu werfen, zu lachen, zu grillen und die Kinder zu ermahnen, nicht mit dem Essen herumzukleckern. Es war nicht der Tag für psychologische Beobachtungen. Vielleicht schaffte sie es. Schlimmstenfalls würden die anderen denken, sie hätte ihre Tage und sei deshalb stiller als sonst.

Bernie bemerkte ihre Ankunft als erster. Er tippte Nancy auf die Schulter, und beide liefen den Beckwiths entgegen.

„Beckwith, hast du deinen Baseballhandschuh mitgebracht?"

„Den habe ich vorigen Sommer in deiner Garage liegenlassen. Wie geht's denn so, Bern?"

Die beiden alten Kumpel umarmten sich.

„Sheila, du Glückliche, du siehst ja wieder phantastisch aus", strahlte Nancy, „kommt das von Überarbeitung, oder hast du eine neue Diät entdeckt?"

Gottlob, Nancy merkte nie was. Einmal hatte sie Sheila sogar während eines Telefongesprächs gesagt, sie sähe wundervoll aus.

Nachdem alle sich begrüßt hatten, stellten die Ackermans fest, daß die Beckwiths noch jemanden mitgebracht hatten. Bob beeilte sich vorzustellen.

„Das hier ist Jean-Claude Guérin, unser Besuch aus Frankreich."

„Tag. Ich bin dein Onkel Bernie, das ist Tante Nancy, und der lange Schlaks da drüben, der seitliche Würfe über den Kopf übt, ist mein Sohn Davey."

„Sehr erfreut", sagte Jean-Claude zu beiden. Er streckte Bernie die Hand hin.

„Der ist ja niedlich", flüsterte Nancy Ackerman Sheila zu.

„Kann er Baseball spielen?" erkundigte sich Bernie hinter vorgehaltener Hand bei Bob.

„Er ist noch ziemlich erschöpft von dem langen Flug, Bern. Außerdem ist Baseball in Frankreich nicht so verbreitet, weißt du."

„Ach so“, sagte Bernie und teilte dem Besucher laut und langsam mit: „Verstehst du, hier spielen Väter und Söhne jedes Jahr Baseball. Eine Art Turnier - wird jedes Jahr wiederholt.“

„Aha“, sagte der Junge höflich.

„Es gefällt dir bestimmt“, sagte der Hausherr und fügte hinzu: „Beckwith, führ deine Mannschaft hinüber an die Futterkrippe, und laß Jean-Claude mal ein Hamburger vom Holzkohlenrost probieren. Vielleicht grillen wir heuer zum letzten Mal. Das Gesundheitsamt behauptet, es sei krebsfördernd. Als nächstes ist womöglich Vanilleeis dran. Wir sehen uns in ungefähr einer Stunde.“

„Wo willst du denn hin?“

„Ins Haus, weiter fernsehen. Die Sox und die Yankees stehen zwei zu zwei.“

Bernie sprintete ins Haus. Bob schickte sich an, seine „Mannschaft“ zum Grillplatz zu führen. Aber Jessica war schon entschwebt, und Sheila war - oder schien - in ein Gespräch mit Nancy Ackerman und dem Psychiater aus dem Nachbarhaus vertieft.

Paula und Jean-Claude hatten getreulich gewartet.

„Nun aber los, Papi“, sagte Paula und zupfte ihn am Ärmel, „jetzt wollen wir uns endlich amüsieren.“

„Na, Jess, gehen wir mal zusammen ins Kino?“ fragte Davey Ackerman.

„Ich heiße Jessica. Die Antwort ist: nein, danke. Mit grünen Jungs geh' ich nicht aus.“

„Ich bin vierzehn Monate älter als du.“

„Ums Alter geht es nicht.“

„Du hältst dich wohl für was ganz Tolles, aber da irrst du dich gewaltig. Schließlich gibt's noch mehr Mädchen auf der Welt.“

„Na schön, dann heirate doch eine von denen.“

„Von Heiraten steht überhaupt nichts drin. Ich werde Sportprofi.“

„Wenn du wüßtest, wie Wurscht mir das ist, David“, erwiderte Jessica, fragte dann aber doch: „Welche Sportart?“

„Ich überlege noch, Baseball oder Basketball. Vielleicht sogar Fußballer. Mein Vater sagt, die europäische Art Fußball kommt bei uns in den achtziger Jahren ganz groß raus. Ich kann mit beiden Füßen kicken."

„Doch wohl nicht gleichzeitig, wie?" sagte Jessica.

„Gott, wie witzig! Wenn ich erst Weltbester bin, wird's dir noch leid tun."

„Darauf kannst du lange warten, du Widerling."

Davey Ackerman, der sonst bei der leisesten Provokation sofort tätlich wurde, hatte mit Jessie Beckwith eine wahre Engelsgeduld. Wäre Jessie nur nicht so gottverdammt hübsch gewesen, seine Verliebtheit hätte ihm nicht so weh getan. Wenn er ihr wenigstens mit seinen sportlichen Qualitäten hätte imponieren können! So wie die Dinge standen, war er wütend eifersüchtig auf alles und jedes, was Jessies Aufmerksamkeit fesseln konnte, sogar auf tote Dinge wie zum Beispiel Bücher. Kein Wunder, daß ihn jetzt die Anwesenheit dieses Jean-Claude Guérin irritierte.

„Wer ist dieses fremde Bürschchen?"

„Ein Besuch aus Europa."

„Wen besucht er denn? Etwa dich?"

„Wir wollen es mal so ausdrücken: Er besucht die Familie Beckwith, zu der ich zufällig gehöre."

„Wo sind seine Eltern?"

„Das geht dich nichts an. Übrigens ist er Waise", sagte Jessica.

„Was du nicht sagst! Wollt ihr ihn vielleicht adoptieren?"

Der Gedanke war Jessica bisher nicht gekommen. „Bedaure, aber ich bin nicht befugt, darüber zu reden."

Die alljährlichen Meisterschaften um den Bernie-Ackerman-Pokal hatten endlich angefangen. Eltern und Kinder waren in zwei Teams geteilt, jeweils angeführt von Bernie und dem Computerfachmann Jack Ever. Bernie durfte sein Team als erster wählen. Ausschließlich wegen dessen Geschick und spielentscheidenden Killerinstinkts wählte er Davey.

Bob wurde erst bei der siebten Runde eingeteilt, von Jack Ever.

Er war zwar ein prominenter Wissenschaftler, aber – wie Bernie ihn unverblümt wissen ließ – ein ziemlich mittelmäßiger Fänger. Daß Nancy Ackerman und Patsy Lord als Mittelfeldspieler eingesetzt wurden, machte das Treffen wenigstens nominell zu einer Art Gesellschaftsspiel.

Paula Beckwith setzte sich zu den älteren Semestern und den Krabbelkindern in die erste Reihe, um dem Papi beim Spiel zuzujubeln. Jessica absentierte sich, einen Band Baudelaire (auf englisch) unter dem Arm. Sheila war heute nicht nach Sport zumute. Sie wanderte an den Strand.

Die Küste war menschenleer. In der Ferne spielte mutterseelenallein ein Kind im Sand. Sonst war niemand zu sehen. Im Augenblick ihrer Ankunft war sie sich über etwas klar geworden. Das Wiedersehen mit all ihren Freunden und Pseudofreunden hatte ihr schlagartig vor Augen geführt, daß nichts je wieder werden würde, wie es gewesen war. Nicht nur, weil diese Leutchen alle zu ihr und Bob aufblickten. Um das Image ging es nicht, nein – Bob war nicht länger der drollige, treu liebende Bob. Seit sie das Kind gesehen hatte, war die einzig ausschlaggebende Gewißheit ihres Lebens dahin.

Mein Gott, wie überheblich muß ich gewesen sein, dachte sie. Um uns herum sind Ehen zu Bruch gegangen, Beziehungen erkaltet, und nur unsere habe ich als Selbstverständlichkeit hingenommen. Wir waren anders. Unveränderlich, unverändert, unveränderbar. War es Hochmut, sich so sicher zu fühlen? War es das, was ich verkehrt gemacht habe?

Sie ging auf das einsame Kind zu. In letzter Minute erkannte sie zu ihrem Schrecken Jean-Claude, der dort hockte und im Sand buddelte. Sie verlangsamte den Schritt. Sie wollte nicht mit ihm reden müssen. Aber von hier aus konnte sie ihn beobachten.

Weißt du was? dachte Sheila. Wir haben viel gemeinsam. Wir waren beide einmal glücklich.

Von Kummer wie betäubt, stellte sie sich eine Unterhaltung vor, die sie führen würden, wenn sie sich an diesem menschenleeren Strand zum ersten Mal begegneten.

„Hallo, Kleiner, wem gehörst du denn?"

„Meine Mutter ist Nicole Guérin, mein Vater Robert Beckwith."

„Tatsächlich? Robert Beckwith ist mein Mann."

„Oh."

„Das kompliziert die Sache, nicht wahr?"

In diesem Augenblick blickte der kleine Junge auf, erkannte sie und winkte ihr zu. Ich weiß, du kannst nichts dafür, zwang Sheila sich zu denken und winkte zurück, weil er so traurig aussah. Aber ich auch nicht, verdammt noch mal. Sie machte kehrt und wanderte den Strand entlang von ihm fort.

Die Spannung stieg. Das Spiel stand schon 12 zu 12, und es war bereits spät. Beide Teams litten unter der Hitze, am meisten Bob, der unter seiner Fängermaske buchstäblich schmorte. Bernies Mannschaft war Schlagpartei. Davey Ackerman tanzte provozierend auf dem zweiten Mal. Jetzt kam Bernie zum Schlagen.

„Los Dad, schick mich heim", rief Davey, hopste und pfiff schrill, um seinen Vater zu ermutigen und den Werfer abzulenken. Der Werfer warf Bernie den Ball zu.

Der traf den Ball schlecht und schlug ihn weich in die Spielfeldmitte. In dem Augenblick, als Patsy Lord ihn fing, war Davey Ackerman schon auf und davon und raste dem dritten Mal zu. Es war klar, daß er versuchen würde, einen Punkt zu erzielen. Patsy schmetterte den Ball zu Bob, der sich die Maske abgerissen hatte und breitbeinig über der Foullinie stand und dadurch das Schlagmal blockierte. Aber Davey umrundete das dritte Mal und stürmte, ohne rechts und links zu schauen, dem letzten Mal zu.

„Zeig's ihm, Davey!"

Bernie Ackerman gab diesen väterlichen Rat – und kreischte dabei wie ein Besessener.

Davey schoß auf Bob zu wie eine Kanonenkugel. Bob tat einen Satz vorwärts, um ihn zu berühren. Dabei prallte Davey mit voller Wucht gegen ihn. Bob stürzte rücklings zu Boden, und der Ball entglitt seiner Hand. Das gegnerische Team jubelte. Damit hatten sie den Sieg in der Tasche.

„Nichts für ungut“, krähte Bernie. „Hast du dir was getan, Bob?“

„Nööö“, sagte Bob und erhob sich mühsam und zähneknirschend. Der kleine Mistkerl. Mit dem Ärmel wischte er sich Schweiß und Dreck aus dem Gesicht und humpelte davon. Verdammt nochmal, tun mir die Schienbeine weh.

„Bist du heil, Papi?“ Paula war als erste herbeigeeilt.

„Mach dir keine Sorgen, Schätzchen. Ich wate nur mal kurz ins Meer, bin gleich wieder da.“

Während die übrigen Spieler zu Bier und Cola drängten, blieb Bob zurück, band sich die Turnschuhe auf und schlenderte ans Ufer. Dort, wo das Gras aufhörte und der Sand anfing, saß auf einer Düne sein Gast aus Frankreich. Jean-Claude sah besorgt aus.

„Hat der dir weh getan, Bob?“ fragte er.

„Nicht der Rede wert.“

„Durfte er das eigentlich?“

„Ja. Ich war nur zu langsam. Ich hätte ihn schnell berühren und wegrennen sollen.“ Er fuhr dem Jungen übers Haar.

„Und willst du dir jetzt die Beine abkühlen?“

„Ja.“

Sie gingen miteinander ans Wasser. Bob wartete, bis der Kleine sich die Schuhe ausgezogen hatte, dann wateten sie hinein. Er verzog das Gesicht, als das Wasser seine Schienbeine erreichte.

„Den Jungen würde ich gern verhauen“, sagte Jean-Claude und schaute in eine andere Richtung.

Bob lachte. Ich auch, dachte er.

10. Kapitel

„Wie ist es dir heute gegangen?"

„Es ging", erwiderte Sheila tonlos. Sie kämmte sich gerade. Beide waren im Begriff, ins Bett zu gehen.

„Also nicht besonders, wie?" fragte Bob und packte sich Eiswürfel in Handtüchern auf die Schienbeine. Er sah sie an. Sogar in ihrem verblichenen Bademantel und mit Nachtcreme im Gesicht war sie wunderschön. Und er begehrte sie so sehr.

„Nein, Robert, bestimmt nicht besonders." Nur in Augenblicken äußerster Gemütsbewegung nannte sie ihn Robert. Auf dem Höhepunkt der körperlichen Vereinigung oder wenn sie ernsthaft böse war.

„Glaubst du, daß jemand etwas gemerkt hat?" fragte er.

„Was denn?"

„Ich meine - ob jemand sich gefragt hat, wer er ist."

„Ich glaube nicht. Außerdem wäre es mir gänzlich egal."

Sie war also ernsthaft böse.

„Sheila, ich ..."

„Wichtig ist nur, daß *ich* es wußte, Bob."

„Ich verstehe."

„Nichts verstehst du. Keine Ahnung hast du, wie schwer das alles für mich ist." Sie setzte sich auf den Bettrand und sah zu ihm hinüber. „Ich steh' das nicht durch, Robert."

Er war drauf und dran, sie daran zu erinnern, daß es ihre Idee gewesen war, ließ es dann aber sein. Schließlich war er der Schuldige.

„Sollen wir ihn lieber wieder heimschicken?" Er sah sie mutlos an.

Sie untersuchte die Spitzen ihrer langen Haare, um sich abzulenken, um ihm keine weiteren Vorwürfe zu machen. Der bittere Groll in ihrem Inneren durfte nicht nach außen laut werden.

„Hör zu, ich hab' gesagt, daß ich es tue, und ich werde es auch tun, nur ..."

„Ja?"

„Nur muß ich zwischendurch manchmal abschalten dürfen. Ich kann unmöglich fortwährend so tun, als sei alles ganz normal. Das ist es nämlich nicht, und deswegen muß ich hie und da weg."

„Aber natürlich!" Was konnte sie meinen? Ihre Worte beunruhigten ihn tief.

„Morgen zum Beispiel, da möchte ich für einen Tag nach Boston."

„Ja, eine gute Idee", sagte Bob, erleichtert, daß es nur um einen Tag ging.

Sie legte die Haarbürste auf den Nachttisch, knipste das Licht aus und kroch unter die Decke, ihm den Rücken zuwendend. Sie war noch immer im Bademantel.

Er streckte den Arm aus und legte ihr die Hand auf die rechte Schulter. Nur eine freundschaftliche Berührung, sagte er sich. In Wahrheit war es eine Anfrage.

„Ich hab' eine Schlaftablette genommen, Bob", sagte sie ganz leise, ohne sich umzuwenden.

Fast hätte er gesagt: Ich wollte ja auch nur ... Aber das stimmte nicht, und sie hätte es durchschaut, und alles wäre nur noch schlimmer geworden.

Binnen einer Minute schlief sie. Sie hatte ihn im Stich gelassen.

Er kramte auf seinem Nachttisch nach einer Zeitschrift und fand eine Nummer von *Boston,* vom vorigen Jahr, in die er sich vertiefte.

Doch das Lesen machte ihn nur noch wacher. Vielleicht war es der Artikel über die Cafés im Stadtzentrum, der ihn munter hielt. Jedenfalls wurde er so unruhig, daß er es nicht länger im Bett aushielt. Er stand leise auf, warf einen Blick auf seine Frau, die in tiefem, wenn auch nicht seligem Schlummer lag, fuhr in die Pantoffeln und verließ das Zimmer.

Im Haus war es kalt, und auf dem oberen Treppenabsatz griff er nach seiner Joggerjacke und zog den Reißverschluß bis an den Hals zu, ehe er die Treppe hinunterstieg.

Drunten im Wohnzimmer sah er plötzlich den Jungen.

Er saß im Schlafanzug auf dem Sofa und sah aus dem Fenster aufs Meer hinaus.

„Jean-Claude?“ rief Bob ihn leise an.

Der Junge drehte sich ein wenig schuldbewußt um „Oui – ja?“

„Ist alles in Ordnung?“

„Ja. Ich konnte bloß nicht schlafen.“

„Mir geht's genauso“, antwortete Bob. „Ist dir denn nicht kalt?“

„Ein bißchen schon.“

Bob zog die Jacke aus und legte sie dem Jungen um die Schultern.

„Danke!“ sagte Jean-Claude.

„Möchtest du ein Glas Milch?“

„Ja, bitte.“

„Dann komm.“

Er saß am Küchentisch. Bob goß die Milch in einen Kochtopf. Während er darauf wartete, daß sie heiß wurde, öffnete er für sich ein Dosenbier. Dann reichte er Jean-Claude die Milch und setzte sich zu ihm. Im Haus war es ganz still. Sie konnten das Meer rauschen hören.

„Hast du dich heute gut amüsiert, Jean-Claude?“

Der kleine Junge senkte den Kopf und sagte leise: „Es tut mir leid, daß ich nicht Baseball spielen kann.“

„Das macht überhaupt nichts“, entgegnete Bob, „du hast ja gesehen, daß ich auch nicht viel davon verstehe.“

Schweigen. Jean-Claude trank seine Milch.

„Hast du nur so hinausgesehen – aufs Meer – als ich herunterkam?“

Nach kurzem Zögern antwortete Jean-Claude: „Ja. Ich hab' mir überlegt, wie weit es wohl ist …“

„Nach Frankreich?“

„Ja.“

„Zu weit zum Hinüberschwimmen.“ Bob lächelte. „Du hast wohl Heimweh?“

„Ein bißchen. Wenn ich aufs Wasser schaue, stelle ich mir immer vor, ich seh' meine Stadt.“

Voller Mitleid sagte Bob: „Komm, wir gehen wieder ins Wohnzimmer und schauen hinüber nach Frankreich.“

Der Junge trottete hinter ihm her. Er setzte sich wieder auf das Sofa, Bob in einen Sessel dicht neben ihm.

„Sète ist ein hübscher Ort.“

„Kennst du ihn denn?“ fragte Jean-Claude.

Bob fühlte, daß das nur die erste von vielen ganz harmlos gemeinten Fragen war, die ihn aber aufs Glatteis führen konnten. Aber etwas drängte ihn, einmal darüber zu sprechen, wenn auch nur indirekt.

„Ich war mal dort“, sagte er, „vor vielen Jahren.“

Die nächste Frage, so unvermeidlich sie war, ließ Bobs Herz schneller schlagen.

„Hast du dort meine Mutter kennengelernt, oder erst in Boston?“

Bob zögerte. Etwas an dem Verbum „kennenlernen“ berührte ihn tief. An welche Version sollte er sich halten: die einer platonischen Freundschaft in den Vereinigten Staaten oder die einer Zufallsbekanntschaft während einer Frankreichreise.

„Hm - erst in Boston. Als sie im Allgemeinen Krankenhaus arbeitete. Wir haben uns bei Bekannten kennengelernt.“

Die Augen des kleinen Jungen leuchteten auf.

„Wie hat sie dir gefallen?“

Was sollte er darauf antworten?

„Ich fand sie sehr nett.“

„Sie war eine sehr gute Ärztin“, sagte der Junge. „Wir hätten nach Paris ziehen können, aber sie war lieber im Süden.“

„Ich weiß“, sagte Bob und überlegte im gleichen Moment, ob er mit diesen zwei Silben nicht zuviel verraten habe. Der Junge schwieg ein Weilchen, dann sagte er:

„Manchmal sind wir zum Zelten gefahren, nur wir beide, *maman* und ich. Zu Ostern waren wir in der Schweiz, und da hat sie mir versprochen, daß ich nächstes Jahr zu einem Skikurs darf ..." Er verstummte.

Bob überlegte sich, was er sagen sollte.

„Das kannst du ja immer noch."

„Jetzt will ich nicht mehr."

Das Leben geht weiter - nein, das sagte er lieber nicht. Es war zu idiotisch, einem einsamen Kind gegenüber.

Sie saßen da und schwiegen. Bob hatte sein Bier ausgetrunken und hätte sich gern noch eins geholt, wollte aber den Jungen gerade jetzt nicht allein lassen.

„Hast du meinen Vater gekannt?"

Er hatte gewußt, daß das kommen mußte, trotzdem lief ihm ein kalter Schauder den Rücken herunter. Was alles wußte das Kind wirklich? Hatte Nicole ... hatte Louis ...

„Hast du ihn gekannt, Bob?"

Der suchte noch immer nach einer passenden Antwort.

„Äh - hm - was hat dir deine Mutter über ihn erzählt?"

Er machte sich auf alles gefaßt.

„Nur, daß er mit jemand anders verheiratet war."

„Und was noch?" Bobs Herz hämmerte.

„Daß sie ihn geliebt hat. Sie hatten sich sehr lieb, und dann haben sie mich gekriegt. Und natürlich konnte er nicht in Frankreich bleiben."

„Hat sie - hat sie dir nie gesagt - wer er war?"

„Nein. Aber ich denk' mir mein Teil."

„Was denn?"

„Ich glaube, er war vielleicht Engländer."

„Wie kommst du denn darauf?"

„Ich glaube, wenn er Italiener gewesen wäre, hätte sie mich bestimmt Italienisch lernen lassen. Damit ich mit ihm reden kann, wenn ich ihn eines Tages treffe."

Der nächste Gedanke kam Bob zwar ungelegen, doch im Morgengrauen war er nicht auf der Hut, deshalb sagte er sich: Wie logisch dieses Kind denkt. Fast ein bißchen wie ich.

Der Junge fuhr traurig fort:

„Ich hab' immer gemeint, wenn ich erst groß bin, dann wird *maman* mir ..."

„... alles über ihn sagen?"

„Ja. Aber jetzt ist sie tot."

Zum ersten Mal seit seiner Ankunft sprach der Junge ganz offen vom Tod seiner Mutter. Bei seinen eigenen Worten brach er in Tränen aus.

Ein leises, unterdrücktes Schluchzen schüttelte den kleinen Körper.

Bob drehte sich das Herz im Leibe herum. Er hätte das Kind so gern in die Arme genommen. Schließlich tat er es.

Als habe er nur darauf gewartet, schlang der Junge beide Arme um Bobs Hals und preßte sich an ihn.

„Maman", schluchzte er.

„Ich weiß", sagte Bob sanft und wiegte ihn hin und her. „Ich weiß."

Sie drückten sich fest aneinander und konnten sich nicht lösen. Bis ihre innige Umarmung jäh unterbrochen wurde.

„Bob?"

Es war Sheila, die verschlafen auf der untersten Treppenstufe stand.

Ihre Miene drückte aus, daß sie sich von ihm verraten glaubte – so kam es Bob wenigstens vor. Langsam ließ er den Jungen auf den Boden gleiten.

„Sheila? Ist irgendwas?"

Sie war noch benommen vom Schlafmittel.

„Ich bin aufgewacht, und du warst nicht da", sagte sie.

„Ich hab' nicht schlafen können. Und als ich herunterkam, saß Jean-Claude hier."

„Ach so", sagte sie mit belegter Stimme.

„Aber jetzt gehen wir alle schlafen", sagte Bob hastig.

„Ist gut", erwiderte sie ausdruckslos. „Ich hab' nur ein bißchen Angst bekommen."

Damit drehte sie sich um und ging die Treppe hinauf. Bob

blickte ihr nach. Für einen Augenblick hatte er das Kind vergessen. Seine schwankenden Gefühle konzentrierten sich jetzt einzig auf das, was in seiner Frau vorgehen mochte.

Etwas berührte seine Hand. Er sah hinunter.

„Bob“, sagte der kleine Junge, „ich glaube, ich geh' jetzt ins Bett.“

„Ja, gute Idee.“ Bob beugte sich zu ihm, und wieder legte ihm das Kind die Arme um den Hals. In seiner Verwirrung erwiderte er die Umarmung nicht.

11. Kapitel

„Sheila, Liebes, was für eine reizende Überraschung! Und ich dachte, du sitzt den ganzen Monat eisern in Cape Cod."

„Vielen Dank, du bist das Beste, was mir in dieser Woche begegnen kann, um mir moralisch aufzuhelfen."

„Aber Schätzchen, die moralische Aufrüstung ist doch mein Lebenszweck."

Nun, wohl nicht ausschließlich. Sheilas einstige Zimmergenossin aus dem College hieß jetzt Margo Fulton Andrews Bedford van Nostrand. Im Augenblick saß sie im Innenhof des neuen Restaurants „Harvest" hinter dem Brattle-Theater, in dem für sie täglich um die Mittagszeit ein Tisch reserviert war, und trank einen Martini.

„Soll das für mich sein?" fragte Sheila und zeigte auf das Glas Tomatensaft vor sich.

„Ja, das nimmst du doch immer."

„Heute hätte ich es lieber mit einem Schuß Alkohol", sagte Sheila.

„Auch gut", sagte Margo und winkte Perry heran, „entjungfern Sie den mal, bitte." Er nickte und zog ab, um einen Schuß Wodka hineinzukippen.

„Wie geht's Bob und den Mädchen?"

„Großartig, lassen alle schön grüßen."

In Wirklichkeit hatte Sheila den Kindern gesagt, sie habe im Verlag zu tun. Bob hatte sie überhaupt nichts gesagt. „Und wie geht's Hal?"

„Hal ist Hal, um Gertrude Stein zu zitieren, und wird nie etwas anderes sein. Deswegen habe ich ihn ja geheiratet. Um mich gegen Überraschungen zu sichern."

„Und wie geht die Galerie?"

„Unverschämt gut", grinste Margo. Der Umsatz steigt von Woche zu Woche. Hal ist völlig platt. Er war überzeugt, das Ganze sei mal wieder nur eine Laune von mir und mein Horizont reiche nur bis zum Kleiderschrank. Jetzt sagt er, meine Geschäfte gingen besser als seine. Und was führt dich nach Cambridge? Hast du jetzt nicht Ferien?"

„Ja, aber ich mußte etwas erledigen. Wollen wir nicht lieber bestellen, bevor es zu voll wird?"

„Liebes, du weißt doch, daß ich hier immer das Tagesmenü nehme. Das spart unnötige Diskussionen mit Perry, der, wie du gewiß schon gemerkt hast, ein bißchen in mich verliebt ist. Für dich habe ich gleich mitbestellt."

„Fein", sagte Sheila und fragte nicht einmal, was sie zu essen bekäme. „Ist das Kleid neu? Sehr schick!"

„Schick ist es zwar, aber du hast es schon ein halbes dutzendmal gesehen. Was ist denn heute los mit dir?"

„Nichts", sagte Sheila und nahm einen Schluck von ihrer Bloody Mary.

„Sind die Kinder auch wirklich gesund?" fragte Margo.

„Doch, doch."

„Und Bob auch?"

„Aber ja. Das hast du mich schon mal gefragt."

„Ich weiß, aber ich hab' die Antwort nicht ausreichend gefunden. Du siehst bedrückt aus, Sheil."

In längstvergangenen Collegetagen hatte Margo immer gesprochen, als kontrolliere sie sich dabei im Spiegel. Seit sie älter wurde, begann sie ihre beachtlichen analytischen Fähigkeiten auf ihre Mitmenschen zu richten. Der Narzißmus, früher ihr bestimmender Lebensinhalt, war jetzt zur gelegentlichen Schwäche geworden. An diesem Reifeprozeß war Sheila nicht unmaßgeblich beteiligt. Ihr Beispiel hatte Margo veranlaßt, von ihren Mitmenschen überhaupt Notiz zu nehmen.

„Komm, komm, Sheil, pack aus. Ist was passiert?"

„Ja."

„Was? Raus mit der Sprache."

Als Sheila die Sonnenbrille abnahm und das Gesicht hinter der Hand verbarg, sah Margo deutlich, daß sie geweint hatte.

„Was ist denn geschehen?" fragte sie betroffen.

„Bob hat ein Verhältnis gehabt."

„Sheila, das glaube ich nicht! Bob ist einfach nicht der Typ für so was. Der hält sich für Adam und dich für Eva. So was täte der nie. Glaub mir, Liebes, ich habe für so was ein Gefühl. Bob? Nie!"

„Doch", sagte Sheila fast unhörbar.

„Hör mal, in *Psychologie heute* hab' ich einen Artikel über dieses Syndrom gelesen - oder war es in *Übergänge*. In deinem Alter ist so was nichts Ungewöhnliches."

„In *unserem* Alter", verbesserte Sheila mit dem Anflug eines Lächelns.

„Meinetwegen", lenkte Margo ein. (Sie war „Mitte dreißig" und gedachte, es noch einige Jahre zu bleiben.) „Bei Frauen, die auf die Vierzig zugehen, kommen solche Vertrauenskrisen vor. Plötzlich bilden sie sich ein, daß ..."

„Ich bilde mir nichts ein."

„Nein?"

Sheila blickte auf.

„Er hat es mir selber gesagt."

„Oh."

Margo sah ihre einstige Zimmergenossin an und sagte ehrlich erschüttert: „Sheila, ich bin fassungslos - im Ernst."

„Kann ich mir denken", sagte Sheila, die gehofft hatte, Margo würde sie mit weniger Aufwand, dafür aber sachlicher trösten.

„Hör mal, oft lügen die Männer auch. Als ich Frederic erzählte, ich hätte ein Verhältnis mit Hal, hat er behauptet, er habe was mit einer Frau aus New Jersey. Alles frei erfunden. Nur so eine Art ‚Auge um Auge, Zahn um Zahn'. Aber bei mir hat es gestimmt. Stell dir vor, ausgerechnet New Jersey!"

Sie dachte einen Augenblick lang nach und begann dann wieder: „Natürlich ist Bob viel reifer als Frederic. Und ein durch und durch ehrlicher Kerl. Der würde dir doch nicht etwas so Kränkendes sagen, wenn es nicht die Wahrheit wäre. Sheila, ich glaube, der sagt wirklich die Wahrheit!"

„Ja, bestimmt."

„Ja, aber warum denn nur? Ihr wart doch immer so glücklich?"

Fragend blickte Margo in Sheilas müdes Gesicht.

„Die Flitterwochen sind eben vorbei, Margo." Sie konnte nicht verhindern, daß es bitter klang.

„Das ist wirklich erschütternd, Sheila", sagte Margo, was bedeutete, daß diese Mitteilung auch die wenigen ihr selbst noch verbliebenen Illusionen erschüttert hatte. „In wen zum Teufel hat er sich denn verknallt?"

„Sie war Französin."

„Das hätte ich mir denken können", sagte Margo und merkte in der Aufregung nicht, daß Sheila die Vergangenheitsform gebraucht hatte. „Es mußte ja eine *français* sein."

„Française", korrigierte Sheila automatisch. Es war eine Art Reflex. Sie war nun einmal Lektorin.

Margo schwieg ein paar Sekunden, weil sie nicht recht wußte, ob sie das zur Kenntnis nehmen sollte. Schließlich sagte sie: „Es tut mir aufrichtig leid, Sheila."

Endlich sprach Sheila das aus, was sie am meisten quälte.

„Sie hatten ein Kind, die beiden."

„Nein! Bist du sicher?"

„Vollkommen sicher."

„Ja Himmel noch mal", sagte Margo, so gedämpft wie möglich, und fragte dann: „Und warum das Ganze?"

„Bob behauptet, daß er nichts davon gewußt hat."

„Und das glaubst du ihm?"

„Ja. Doch."

„Und was für eine Entschuldigung hat diese Person – diese Französin?"

„Das weiß ich nicht", murmelte Sheila. „Sie ist tot."

„Was?" Jetzt war Margo gänzlich verwirrt. „Also nun erzähl mal von Anfang an."

Während Sheila die Ereignisse in der richtigen Reihenfolge

herbetete, wurde sie immer aufgebrachter. Das Ganze ist eine Ungeheuerlichkeit. Wie bin ich nur in diesen Alptraum geraten? Margos Augen wurden groß und größer. Als Sheila bei Nicoles Tod und Bobs Geständnis angelangt war, konnte sie nicht mehr stumm leiden.

„Also weißt du, Sheila, das ist ja wohl das tollste Ding, das mir jemals zu Ohren gekommen ist. Und ich habe Bob immer für den idealen Ehemann gehalten."

„Ich auch", sagte Sheila traurig.

Beide schwiegen.

„Na ja", meinte Margo schließlich, wild entschlossen, etwas Positives an der Sache zu finden, „wenigstens brauchst du nicht zu fürchten, Bob zu verlieren. Hat sie dem Kind eigentlich den Namen Beckwith gegeben?"

„Nein."

„Könntest du nicht so tun, als ob wir noch Krieg hätten und Bob sei GI in Europa und du ..."

„Und ich?"

„... und du ignorierst die Sache einfach. Das haben doch damals viele Frauen getan."

„Das kann ich nicht. Bob wollte den Jungen *sehen.*"

Jetzt war Margo schockiert. Das war denn doch ein unverzeihlicher Verstoß gegen die Konventionen.

„Gott, sind die Männer emotional. Bei Söhnen drehen sie durch. Hoffentlich hast du energisch genug protestiert, Sheila. Entweder dieses Kind oder du."

„Gerade das wollte ich nicht, Margo. Wenn ich ihm die Wahl gelassen hätte, bestand ja immerhin die Möglichkeit, daß ich Bob verlor."

Margo beobachtete Sheila mit wachsender Besorgnis.

„Und was hast du gemacht?"

Da erzählte sie den Rest der Geschichte.

„Sheila, du bist vollkommen wahnsinnig."

„Im Gegenteil, ich bin vollkommen realistisch. Ich muß auch an die Mädchen denken."

„Aber in deinem eigenen Haus, Sheila! Wohin soll denn das führen?"

„Wir haben ein Abkommen geschlossen, verstehst du. Vier Wochen, dann fährt der Junge zurück nach Frankreich. Dort versuchen Leute etwas für ihn zu finden. Besser dreißig Tage lang leiden, als ein Leben lang Ungewißheit ertragen müssen!"

„Wie zum Teufel hältst du das aus?"

Sheila zuckte die Achseln.

„Ich weiß nicht. Manchmal geht es nicht. Manchmal, wenn wir abends zusammensitzen und so tun, als hörten wir Bach und läsen und alles wäre wie immer - kriege ich eine solche Wut, daß ich ihn umbringen könnte ..."

„Das solltest du vielleicht", unterbrach Margo zynisch.

„Und dann gibt es Momente, da spüre ich, daß ich ihn nötiger brauche denn je. Klingt verrückt, nicht? Trotz allem, was er angestellt hat, ist er noch immer der einzige, der mich wirklich trösten kann."

Margo schüttelte den Kopf. „Ich begreife dich nicht, Sheila."

„Ich mich ja auch nicht", entgegnete sie. „Liebe und Haß scheinen sich eben doch nicht auszuschließen. Sie koexistieren und machen einen langsam verrückt."

Margo schüttelte wieder den Kopf und seufzte tief.

„Und du meinst, daß am Ende dieses Monats wirklich alles ausgestanden ist?"

„Ja, so haben wir es ausgemacht", sagte Sheila. Doch im Grunde ihres Herzens fürchtete sie, Margo könne mit ihrer Ahnung recht behalten. Wirklich sicher war nichts mehr.

„Und was sagen die Mädchen?"

„Wir haben ihnen nichts gesagt. Sie finden ihn süß."

„Ist er das denn?"

„Ich weiß nicht."

„Ja, siehst du ihn denn nicht an?"

„Ehrlich gesagt sehe ich ihn so wenig wie möglich an. Und wenn, ist meine einzige Reaktion: Wie mag *sie* ausgesehen haben? Bin ich bescheuert, Margo?"

„Nein, Liebchen", sagte Margo und drückte Sheila über den Tisch hinweg mitfühlend die Hand. „Du bist die gescheiteste Frau, die ich kenne. Wenn Hal mir je so was antäte, könnte ich ihn nur betrügen oder einkaufen gehen. Oder beides. Jedenfalls hätte ich nie die Kraft, mich der Sache so zu stellen, wie du das getan hast. Es ist ein Lotteriespiel, aber wie ich dich kenne, wirst du Bob durch deine Großmut so tief beschämen, daß er wieder Tritt faßt. Kann ich dir irgendwie helfen?"

„Wie denn?"

„Wie immer du willst. Du hast mir, weiß Gott, schon in vielen kritischen Situationen beigestanden. Ich fahre zu euch hinunter und ..."

„Nein, es ist schlimm genug, daß *ich* zurück muß."

„Mußt du wirklich? Könntest du nicht ein paar Tage bei Hal und mir bleiben?"

Sie schüttelte den Kopf. „Margo, das ist sehr lieb gemeint von dir. Aber ich muß es durchstehen."

„Mein Gott, wie ich dich beneide", sagte Margo. Das war eine Schlußfolgerung, mit der Sheila nicht gerechnet hatte. „Ja warum denn, um Gottes willen?"

„Ich wollte, ich könnte einen Mann so sehr lieben, wie du Bob liebst."

„Danke, Margo. Danke für dein Verständnis."

12. Kapitel

Die Sonne schien lind und warm. Kleine Wellen beleckten das Ufer der Bucht von Cape Cod. Der Junge saß ganz allein, eine von Bobs Baseballmützen auf dem Kopf, in der Hand ein Buch.

„Hallo, Jean-Claude."

Er blickte auf. Es war Paula Beckwith. „Hallo."

„Was liest du denn?" fragte sie und sah neugierig in sein Buch.

„*Histoire Générale,* Weltgeschichte", antwortete er.

„Mann, mußt du aber gescheit sein!"

„Es geht", lächelte er. „Willst du dich nicht setzen?"

Mit einem „okay" ließ Paula sich in den Sand plumpsen. Sie schien zu einem freundschaftlichen Schwatz aufgelegt.

„Was steht denn drin in der Weltgeschichte?"

„Ich lese gerade was über Vercingetorix."

„Wer ist denn das?"

„Das ist ein französischer Held, der erste. Er hat den Aufstand gegen Julius Cäsar angeführt."

„Ich glaub', von Julius Cäsar hab' ich schon mal was gehört. Und was ist dann passiert?"

„Er hat ein schlimmes Ende genommen. Cäsar hat ihn erwürgen lassen."

„Iiih!" Voller Mitgefühl mit dem Wackeren umfaßte Paula mit beiden Händen ihren Hals. „Solche Sachen lassen die euch in Frankreich lesen? Ich meine, so was Gruseliges?"

Jean-Claude zuckte die Achseln.

„Sind Bilder in dem Buch?"

„Ja."

„Auch eins, auf dem er erwürgt wird?"

„Nein. Tut mir leid."

Paula überlegte einen Augenblick. „Nächstes Jahr kriegen wir Gesundheitslehre", sagte sie.

„Was ist denn das?"

„Weißt du, was Sexualkunde ist?"

„Ich glaub' schon." Ganz sicher war er nicht, wollte es aber nicht zugeben.

„Habt ihr das in Frankreich auch in der Schule?"

„Ich weiß nicht genau."

„Weißt du wenigstens, wo die kleinen Kinder herkommen?" fragte sie, hingerissen von diesem Erwachsenenthema.

„Hm – ja."

„Wer hat's dir gesagt, deine Mami oder dein Papi."

„Meine Mutter. Sie war Ärztin."

„Ach ja, ich weiß. Und warum nicht dein Papi?"

In aller Unschuld hatte Paula an Jean-Claudes geheimsten Ängsten gerührt.

„Weil er nicht da war", sagte er und hoffte, sie würde nun von etwas anderem sprechen.

„Du meinst, er war schon tot?"

„Wie bitte?"

„Mein Vater hat gesagt, dein Vater ist tot."

„Oh", sagte Jean-Claude, im stillen überrascht, daß Bobs Version von der abwich, die er immer von seiner Mutter gehört hatte. „Also ..." Er verstummte.

Nun schickte Paula sich an, den Dingen auf den Grund zu gehen.

„Welches ist deine Lieblingsfarbe?" fragte sie.

„Die Farbe des Meeres."

„Aber das hat doch viele Farben. Mal ist es grün und mal blau."

„Ja", sagte er, „das mag ich ja gerade so gern."

„Toll", sagte Paula, „du bist ein sehr interessanter Mensch, Jean-Claude."

„Vielen Dank. Du aber auch."

„Ehrlich? Findest du wirklich? Sag mal, war das Französisch, was du vorhin am Telefon gesprochen hast?"

„Ja“, sagte der Junge etwas verlegen.

„Klingt phantastisch. In der Sechsten fang’ ich damit an. Dann kann ich dich mal besuchen.“

„Ja, das wäre nett.“

„Au ja“, sagte Paula, sehr erfreut über diese Einladung.

„Hast du vorhin mit einem Bekannten telefoniert?“

„Ja.“

„Junge oder Mädchen?“

„Keins von beiden.“

„Mit deinem Hund?“ Sie meinte es ernst. Jean-Claude lachte.

„Nein, mit einem alten Freund von meiner Mutter. Louis Venarguès. Er war viele Jahre Bürgermeister bei uns zu Hause.“

„Toll“, sagte Paula. „Worüber unterhaltet ihr euch denn so?“

„Über alles mögliche. Er hat gesagt, er wird jede Woche anrufen und fragen, wie es mir geht.“

„Och, so einen Freund möcht’ ich auch mal haben.“

Der Blick des Jungen trübte sich wehmütig, als denke er: Du hast doch Eltern. Aber das merkte Paula nicht. Sie sprang gerade in diesem Moment so rasch hoch, wie sie heruntergeplumpst war. „Herrje, ich sollte Jessie ja kochen helfen.“

„So?“ sagte der Junge, der jetzt gar nicht mehr so unbedingt allein bleiben wollte. „Was kocht ihr denn?“

„Ach, irgend so ’n Zeug“, sagte Paula.

„Was für ein Zeug?“ fragte er. Es schien ihn zu interessieren.

„Wir machen Abendessen, um Mami zu überraschen, wenn sie nach Hause kommt. Willst du zusehen?“

„Ja“, sagte Jean-Claude und war mit einem Satz auf den Beinen.

Als sie nebeneinander zum Haus liefen, berührten sich ein paarmal ihre Arme. Das Glücksgefühl, das Paula Beckwith dabei empfand, bewahrte sie auf einem besonderen Blatt ihrer Erinnerungen auf. Um es nie wieder zu vergessen.

Das „Große Kochbuch für Jedermann“ lag aufgeschlagen auf dem Küchentisch.

Jessica brütete darüber, umgeben von geöffneten Gläsern,

Päckchen, Flaschen und Bergen verschiedener Gemüse. Überall standen Schüsseln und lagen Löffel.

„Verdammt, Paula, wo steckst du bloß? Ich habe mich hier schon den ganzen Nachmittag totgearbeitet."

Einen Schritt hinter ihr trat Jean-Claude ein. Bei seinem Auftauchen unterdrückte Jessica ihren Ärger.

„Hallo, Jean-Claude ..."

„Pfui Teufel", platzte Paula dazwischen, „ist das hier ein Saustall! Was machst du eigentlich, Jessie, kochen oder mit den Fingern malen?"

„Paula! Ich versuche seit Stunden *Blanquette de Veau* zu machen, und du kommst rein und kannst nur kritisieren."

„Also, was soll ich tun?"

„Ach nichts", seufzte Jessica ärgerlich.

„Jessica hat in der Schule kochen gelernt", erklärte Paula dem Gast.

„Oh", sagte dieser.

Jessica rümpfte die Nase. „Da gab's nicht viel zu lernen. Das Tollste, was wir dort gelernt haben zu kochen, war Makkaroni mit Käse."

„Hättest du das nur heute gemacht", murrte Paula. „Dann könnte man's wenigstens essen. Was soll denn der ganze Kram auf dem Herd?"

Sie zeigte auf vier Kasserollen, aus denen es dampfte wie bei einer Schüleraufführung von „Macbeth".

„Jean-Claude weiß das natürlich, nur damit auch du orientiert bist: In der einen Kasserolle mache ich *sauce velouté.*" Sie bearbeitete mit einem hölzernen Kochlöffel energisch einige zähe, weiße Klumpen.

„Aber es ist doch bloß Kalbsgulasch, Jessie. Hättest du das nicht alles in einem Topf machen können?"

Jean-Claude spürte, daß er in ein Magnetfeld zwischen den beiden Schwestern geriet.

„Darf ich dir helfen, Jessica?" fragte er.

„Oh, das wäre *très gentil.* Weißt du, wie man Salat anmacht?"

„Ja“, sagte Jean-Claude. „Das habe ich zu Hause auch immer getan. Damit der Salat fertig war, wenn meine Mutter aus der Praxis kam.“

Es verging eine Weile, ehe die Mädchen auf Jean-Claudes Tun aufmerksam wurden. Dann aber hörten beide auf zu werkeln und schauten gebannt zu. Mit peinlicher Sorgfalt hatte er die Salatblätter einzeln durchs Wasser gezogen, auf schlechte Stellen kontrolliert und was einwandfrei war, auf ein Küchenhandtuch gelegt, wo er alles sorgsam trockentupfte.

Dann stellte er sich auf die Zehen und holte Olivenöl und Essig vom Regal. Gleich darauf gab er wissenschaftlich genau die Zutaten in eine Schüssel. Schließlich blickte er auf und fragte seine hingerissenen Zuschauerinnen:

„Ich brauche noch - was heißt: *de l'ail?*“

„Jessie, weißt du's?“ fragte Paula die Schwester.

„Das Wort haben wir noch nicht gehabt, ich schau' schnell nach.“

Sie raste ins Wohnzimmer zum Wörterbuch. Man hörte, wie die Seiten stürmisch umgeblättert wurden, und dann den Triumphschrei: „Knoblauch!“

„Toll!“ sagte Paula zu Jean-Claude. „Willst du Hotelkoch werden, wenn du groß bist?“

„Nein“, erwiderte Jean-Claude, „Arzt.“

Jessie kam wieder hereingestürzt und suchte nach Knoblauch und Knoblauchpresse.

„Wann kommen sie eigentlich nach Hause?“ fragte Paula.

„Papi joggt auf dem High-School-Sportplatz mit dem Spatzenhirn Bernie. Er wird so rechtzeitig heimkommen, daß er nichts mehr zu helfen braucht. Und Mami müßte so gegen sieben hier sein - kommt auf den Verkehr an.“

„Die wird sich aber freuen, wenn sie sieht, daß du Blankitt-Gulasch für sie gemacht hast.“

„*Blanquette.* Na hoffentlich. Ich - hm - Jean-Claude, würdest du - ich meine, könntest du wohl mal die Sauce probieren?“

„Natürlich, Jessica." Er trat an den Topf heran, tauchte den Holzlöffel ein und führte ihn zum Munde.

„Mmm", machte er. „Sehr interessant."

„Schmeckt sie *gut,* wirklich *gut?*" Jessica wollte es ganz genau wissen.

„Hervorragend", erwiderte der kleine Junge.

Es war ein Triumph internationaler Diplomatie.

13. Kapitel

„Nun sieh dir diesen Jungen an! Ist er nicht fabelhaft? Ist er nicht großartig? Ich kann kaum glauben, daß er mein Sohn ist."

Während die zwei Väter die Kunststoffbahn der Nanuet High School umrundeten, pries Bernie die sportliche Tüchtigkeit seines Sohnes in den höchsten Tönen. Davey Ackerman befand sich auf dem mittleren Spielfeld und balgte sich mit ein paar älteren Fußballkanonen um den Ball.

„Er ist nicht schlecht", gab Bob zu.

„Nicht schlecht? Beckwith, der Bengel ist *Klasse.* Er ist Beidhänder und phantastisch koordiniert. *Das* Material für einen Profi. Findest du nicht?"

„Doch, doch", sagte Bob, um den Vatertraum des Freundes nicht zu zerstören. Außerdem hatte er an den Schienbeinen noch immer ein paar Flecke von dem Zusammenstoß mit Bernies Traumsohn.

„Schließlich und endlich versteh' ich was davon", fuhr Bernie fort. „Der Bub ist alles, was ich nicht gewesen bin. Sieh nur, wie er die Verteidiger umspielt!"

„Ja", sagte Bob automatisch.

Bernie warf einen Seitenblick auf den Freund und glaubte zu verstehen. Sein Ton wurde teilnahmsvoll: „Frauensport ist übrigens jetzt auch ganz groß im Kommen, weißt du."

„Wie?"

„Ich meine, wenn du deine Mädels ab sofort auf ein bestimmtes Sportprogramm ansetzt, kriegen sie vielleicht noch ein Sportstipendium. Unter Umständen könnte ich ihnen dabei behilflich sein."

„Sie finden Sport gräßlich, Bern."

„Und wer ist schuld?" fragte der Athletenanwalt vorwurfsvoll.

„Sie nehmen Ballettunterricht“, brummte Bob.

„Mann, das wäre ein prima Anfangstraining für Hochsprung. Ich glaube, Jessie wird mal sehr groß. Die hätte das Zeug zu einer glänzenden Leichtathletin, Beckwith.“

„Du kannst ja mit ihr reden, Bern.“

„Ich weiß nicht, aus irgendeinem Grund nimmt sie mich nicht für voll. Weiß sie eigentlich, daß ich auf meinem Gebiet Spitze bin?“

„Doch, doch. Ich glaube, sie macht nur gerade eine Anti-Hochsprung-Phase durch.“

„Knöpf sie dir vor, Bob. Red ihr zu, ehe es zu spät ist.“

Sie joggten eine weitere halbe Meile, und ihre immer mühsamer werdenden Atemzüge wurden nur unterbrochen von Bernies kurzem „Großartig!“ und „Fabelhaft“, wenn Ackerman junior zeigte, was er drauf hatte.

„Das arbeitet einen so richtig durch“, sagte Bernie bei den letzten Metern, als sie wieder reden konnten. „Du solltest regelmäßig joggen, Beckwith. Wieso zum Teufel bleibst du überhaupt so schlank? Du spielst doch nicht mal Squash.“

„Dafür zergrübele und gräme ich mich, das hält auch schlank“, sagte Bob und schritt weiter aus.

Die Fußballspieler hatten sich zerstreut, nur Davey Ackerman übte noch Torschüsse. Bernie konnte sein Augenmerk auf etwas anderes richten.

„Beckwith, du kommst mir irgendwie geknickt vor. Ist was?“

„Was soll sein, Bern?“

„Wenn ich es mir recht überlege, hat auch Sheila gestern ein bißchen geknickt ausgesehen. Sag mal, es ist doch alles in Ordnung zwischen euch beiden?“

Bob gab keine Antwort.

„Entschuldige. Blöde Frage, Bob. Bei euch beiden ist ja immer alles in Ordnung.“

Bob sah ihn an. „Ich muß mal mit jemand reden, Bern.“

„Hör mal, dazu bin ich doch da, Beckwith.“

„Hast du fünf Minuten Zeit.“

„Klar. Setzen wir uns auf die Tribünen?“

„Von mir aus.“

Sie nahmen ihre Trainingsanzüge mit hinüber zu der unüberdachten hölzernen Zuschauertribüne, kletterten auf den obersten Rang und setzten sich.

„Okay, okay“, begann Bernie, „also was zum Teufel ist los?“

„Du hast doch den kleinen Franzosen gesehen, den wir gestern mitgebracht haben?“

„Ja, den Austausch-Schüler. Sieht nett aus.“

„Der Junge gehört mir.“

„Was?“ Normalerweise hatte Bernie alles andere als eine lange Leitung, aber etwas in seinem Inneren weigerte sich, Bobs Behauptung zu begreifen.

„Er ist mein Sohn“, wiederholte Bob. Bernie fiel der Unterkiefer herunter.

„Heiliges Kanonenrohr“, sagte er. „Willst du damit sagen, daß du Sheila die ganze Zeit betrogen hast?“

„Nein, nein. Es liegt zehn Jahre zurück. Es war nicht mal ein Verhältnis. Höchstens ein Seitensprung, verstehst du. Die Frau ist vor ein paar Wochen gestorben. Dabei habe ich zum ersten Mal von der Existenz des Jungen gehört.“

„Bist du ganz sicher, daß er von dir ist?“

„Ja.“

„Heiliges Kanonenrohr“, wiederholte Bernie. Dann kam: „Du, wie war sie denn?“

„Ich erinnere mich nicht mehr.“

„Du lieber Gott, wenn ich mit einer Frau ein Kind hätte, würde ich mich verdammt genau erinnern, wie sie ausgesehen hat.“

Bob hätte ihm gern auseinandergesetzt, daß er damals nicht wußte, was er tat. Doch das hörte sich einfach zu unwahrscheinlich an, auch für ihn selbst. Jean-Claudes Existenz mußte die nachdrücklichsten Beteuerungen Lügen strafen.

„Hat sie gut ausgesehen?“ fragte Bernie wieder.

„Wahrscheinlich.“

„Ja, hast du denn kein Foto?“

Bobs Augen funkelten böse. „Bitte laß die Witze, ja?"

„Aber die Frage liegt doch nahe, Beckwith. Wenn ich Nancy betrügen würde, was ich mich nie trauen würde, weil es sie umbrächte, dann mit jemand, der aussieht wie Raquel Welch oder noch toller. Und ein Foto von ihr würde ich mir garantiert aufheben."

Bob sagte ruhig: „Du brauchst nur den Jungen anzusehen. Ihr Haar war dunkler, aber sonst sieht er ihr sehr ähnlich."

Erst jetzt wurde Bernie sich ganz bewußt, was Bobs Geständnis bedeutete. „Verfluchter Mist", murmelte er, „ausgerechnet du! Mein Ideal und Vorbild. Mann, das verzeiht Sheila dir nie, was?"

Bob sah seinen besten Freund mißmutig an. Warum mußte er so was Dummes sagen, verdammt noch mal.

Dann dämmerte Bernie noch etwas.

„Was zum Teufel macht er *hier?*"

„Er hat sonst keine Verwandten. Wenn wir ihn nicht aufgenommen hätten, wäre er bereits in einem staatlichen Waisenhaus. Ein Bekannter in Frankreich versucht, etwas anderes für ihn zu finden. Sheila war damit einverstanden."

„Mann, ist das eine Frau! Nancy würde mich *und* das Kind hochkant hinausschmeißen."

Die Bahn lag nun verlassen, die untergehende Sonne warf lange Schatten auf das Innenfeld. Man hörte nur noch Davey Ackerman, der den Ball ins Netz trieb. Bernie fehlten die Worte. Er schüttelte nur langsam den Kopf und lugte durch die Holzlatten hindurch.

„Bob, das hätte ich mir nicht träumen lassen, daß jemand wie du mal fremdgeht. Ich meine, du und Sheila, ihr wart doch wie die Turteltauben. Was zum Teufel ist denn in dich gefahren?"

„Weiß ich auch nicht, Bernie. Es ist zehn Jahre her."

„In Frankreich also. Hast du sie geliebt?"

Nun war Bob beleidigt. „Natürlich nicht", konterte er.

„Entschuldige", gab Bernie zurück, „aber das nehm ich dir nicht ab. Wer mit einer Frau wie Sheila verheiratet ist, geht doch nicht einfach hin und fängt was mit einer Frau an, die er nicht wenigstens zu lieben *glaubt.*"

„Ich hab' dir schon einmal gesagt, daß ich mich nicht mehr erinnern kann", sagte Bob ruhig. „Der springende Punkt ist: Was soll ich jetzt machen?"

„Das kann dir jeder Trottel sagen, Bob."

„Nämlich?"

„Den Jungen wegschicken. Schnell. Pronto. Amputier diese Bindung, oder deine Ehe wird brandig. Habe ich mich klar ausgedrückt?"

„Glasklar."

„Aber wahrscheinlich sagt sich so was leicht, wenn man nicht drinsteckt, wie?"

„Ja. Versetz dich mal in meine Lage."

„Das kann ich nicht. Hab es schon millionenmal durchgesprochen und erwogen."

„Mit wem?"

„Mit mir selber. Du weißt, wieviel ich unterwegs bin. Ich muß nach Miami, Vegas, Los Angeles. An Gelegenheiten fehlt's also nicht. Aber ich weiß, Nancy vertraut mir, und mein Junge blickt zu mir auf. Ich kann nichts riskieren, Bob. Ich möchte es auch gar nicht. Das einzige, was ich je im Hotel mit aufs Zimmer genommen habe, war eine Flasche Whisky. Ein Klient in Vegas hat mir mal eine kesse Biene raufgeschickt. Mann - die Wollust auf zwei Beinen! Wie ich ihr sage, ich hätte kein Interesse, fängt sie an, mit ihren sagenhaften Titten zu wackeln und mir alle möglichen Unfreundlichkeiten zu sagen. Ich glaube, bei meinem letzten Nein hab' ich gesabbert. Aber verflucht stolz war ich doch. Und weißt du, wie ich es geschafft hab', diesem Superbusen von ein Meter zwanzig Oberweite zu widerstehen? Ich hab' es übrigens nicht einmal Nancy gestanden."

„Wie denn?"

„Ich hab' mir gesagt, beim Ehespiel gibt's nur zwei Möglichkeiten: tausend Punkte oder null. Und keinen einzigen Verstoß. Wie bei Bob und Sheila. Übrigens bin ich nicht der einzige aus unserem Kreis, der so von euch denkt. Wie hat sie es denn aufgenommen?"

„Es geht ihr ziemlich an die Nieren."

„Kann ich mir denken. Eben deswegen mußt du den Jungen wegschicken. Du hast zuviel zu verlieren."

„Heh, Dad!"

Es war Davey Ackerman unten auf dem Spielfeld.

„Ja?" rief Bernie zurück.

„Ich möcht' jetzt Schluß machen!"

„Okay, ich komm' gleich. Lauf noch zwei Runden."

Bernie wandte sich wieder an den Freund.

„Weißt du, Bob, was ich mir gerade überlegt hab? Eigentlich ist das Ganze doch eine Ironie des Schicksals."

„Wieso?"

„Ich meine, da bist du nun Professor für Statistik."

„Und?"

„Und hast ein einziges Mal in deinem Leben eine lächerliche kleine Affäre. Für ein paar lächerliche, kurze Tage. Und dann kommt es raus. Durch ein Kind. Jetzt sag mir bloß, wie stehen nach der Wahrscheinlichkeitsrechnung die Chancen, daß einem so was passiert?"

„Etwa eine Milliarde zu eins", sagte Bob verbittert.

14. Kapitel

„Das Kalbfleisch hast du fabelhaft gemacht, Jessie."

„Ehrlich, Mami?"

„Ganz meine Meinung", sagte Bob unaufgefordert. Während des Abendessens hatte er versucht, Sheilas Miene zu deuten, war aber nicht klug daraus geworden. Er tröstete sich damit, daß sie sich später unterhalten würden.

„Das war aber mal eine nette Überraschung", sagte Sheila dann noch, „hast du auch die Salatsoße gemacht?"

„Na ja", sagte Jessie. Dann wurde ihr bewußt, daß ihre Schwester den Urheber nennen würde, wenn sie es nicht tat.

„Eigentlich Jean-Claude."

„Tatsächlich?" sagte Sheila und gab sich Mühe, erfreut auszusehen. „Sie ist sehr gut, Jean-Claude."

„Danke", erwiderte er scheu.

„Hat er jeden Tag für seine Mami machen müssen", erklärte Paula. „Er kann noch einen Haufen anderes kochen."

„Oh", sagte Sheila, „das ist fein." Da tat sie nun ihr Bestes, und Bob half ihr kein bißchen, verdammt noch mal. „Möchte jemand noch mal *blanquette?*" fragte Jessica.

Erst schienen sich keine Abnehmer zu finden. Alle waren satt. Aber es war noch so viel übrig.

„Ich nehme gern noch mal", sagte Jean-Claude. Jessica war begeistert. Lieber einem französischen Gaumen schmeicheln als einem Dutzend provinzieller Banausen.

Zum Nachtisch gab es Schwarzwälder Torte aus dem Supermarkt. Plötzlich regten sich auch die provinziellen Geschmacksnerven wieder.

„Dürfen wir fernsehen?" fragte Paula ihren Vater.

„Kannst du nicht ausnahmsweise mal ein Buch lesen?“ fragte Bob unmutig.

„Bücher sind mir zu gruselig“, fand Paula.

„Dummes Zeug“, sagte Bob.

„Jean-Claude hat ein Schulbuch, und in dem wird einer *erwürgt“,* sagte Paula und schauderte noch nachträglich.

„Stimmt das?“ fragte Bob den Jungen.

„Ich hab’ in der Geschichte Frankreichs gelesen. Und Julius Cäsar hat den Vercingetorix doch erwürgen lassen.“

„Ach“, machte Sheila, „das erinnert mich an Mr. Hammonds Lateinstunde. Magst du Geschichte gern, Jean-Claude?“

„Nicht, wenn sie traurig ist. Ich hatte gehofft, daß Vercingetorix siegt.“

Bob mußte lächeln. „Geh doch mit den Mädchen fernsehen, Jean-Claude. Dann denkst du nicht mehr ans Erwürgen.“

„Los, komm“, sagte Paula und sprang auf.

Die beiden Mädchen sausten davon. Sekunden später drangen aus dem Nebenzimmer laute Fernsehgeräusche. Der kleine Franzose war sitzen geblieben.

„Geh doch rüber, Jean-Claude“, sagte Bob.

„Wenn es dir nichts ausmacht, Bob“, sagte er wohlerzogen, „würde ich lieber lesen.“

„Aber natürlich. Immer noch Geschichte?“

„Ja. Ich muß das Kapitel über Julius Cäsar zu Ende lesen.“ Er rutschte vom Stuhl und strebte zur Treppe.

Sheila rief ihm nach: „Das Ende, das er nimmt, wird dir gefallen. Brutus und Cassius rächen deinen Vercingetorix.“

„Ich weiß“, erwiderte er lächelnd, „davon ist ein Bild im Buch.“

Als er draußen war, sagte Sheila etwas, was Bob nie und nimmer erwartet hätte.

„Er ist wirklich reizend.“

Sie blieben noch eine Weile sitzen und tranken ihren Kaffee aus.

„Wie war’s in Cambridge?“ wollte Bob wissen.

„Heiß und anstrengend“, antwortete sie. „Der Square wimmelte von jungen Leuten - die Sommerkurse haben angefangen ..." Ihr Dialog war seltsam verkrampft.

„Hast du Bekannte getroffen?" fragte Bob.

„Ja", antwortete sie und setzte hinzu, damit es nicht gar zu ablehnend klang: „Margo."

„Wie geht's ihr denn?" wollte Bob wissen und fragte sich, ob wohl Sheila sich ihrer Freundin ebenso anvertraut hatte wie er sich seinem Freund.

„Wie immer."

„Keine neue Liebe?"

„Nur die Galerie. Ich glaube, sie und Hal sind ganz zufrieden miteinander."

„Klingt nicht überwältigend. Sich nicht unglücklich zu machen entspricht nicht unbedingt meiner Vorstellung von der idealen Ehe."

„Laß ihr Zeit, sie lernt es ja erst."

„Übung hat sie weiß Gott genug gehabt."

„Jetzt wirst du gemein."

„Verzeihung."

Schweigend tranken sie ihren Kaffee. Bob war jetzt so gut wie sicher, daß sie Margo alles erzählt hatte. Ihre weitere Unterhaltung glich mehr einem Tennisspiel, bei dem die Worte wie Bälle über ein Netz geschlagen wurden.

„War irgendwas los heute?" fragte Sheila.

„Nicht viel. Ich war mit Bernie joggen. Ah ja - doch - Louis Vernarguès hat angerufen."

„So. Hat er schon was erreicht?"

„Noch nicht. Er wollte nur wissen, wie es dem Jungen geht. Die beiden haben mindestens zehn Minuten miteinander telefoniert."

„Ich finde, er hat sich recht gut eingelebt. Du nicht?"

„Doch, sieht so aus. Tapferer kleiner Kerl", sagte er vorsichtig. „Meinst du nicht?"

„In seiner Art, ja."

Und plötzlich wurde es Bob klar: Wir reden wie zwei, die unglücklich verheiratet sind.

Auch während der Ferien galt für die Beckwithkinder um zehn Uhr abends „Licht aus!“ Jessie und Paula, müde von der Kocherei und ihren Tagesunternehmungen, gingen willig schlafen. Als Sheila sie ins Bett gepackt und zugedeckt hatte, ging sie ins Schlafzimmer zu Bob.

„Was machen die Kinder?“ fragte er.

„Liegen in Morpheus' Armen. Nur er liest noch.“

„Im Bett?“

„Ja. Seine Tür stand offen.“

„Ich habe mich den ganzen Tag nach dir gesehnt“, flüsterte Bob. Sie band sich die Haare auf und drehte ihm dabei den Rücken zu.

„Hast du gehört, Liebling?“

„Ja“, sagte sie, aber sie wandte sich nicht um.

„Ich - ich möchte nicht, daß wir uns auseinanderleben, Sheila.“

„Nein“, sagte sie tonlos.

„Sind wir nicht schon auf dem besten Wege dazu?“ fragte er, und seine Stimme bekam etwas Flehendes.

Sie wandte sich um. „Ich hoffe nicht“, sagte sie und ging zur Tür.

„Möchtest du etwas zu trinken?“ fragte er in dem Bestreben, ihren Wünschen zuvorzukommen. „Dann geh' ich runter und hol' es dir.“

„Nein, danke“, sagte sie. „Ich will nur noch einmal nach dem Jungen sehen.“

Damit ließ sie ihn in seiner Ungewißheit allein.

Noch immer drang ein schwacher Lichtschein aus Jean-Claudes Zimmer. Sheila ging auf Zehenspitzen den Korridor entlang und blieb vor seiner Tür stehen.

Er war beim Lesen eingeschlafen. Die *Histoire Générale* lag noch aufgeschlagen auf seiner Brust. Sie sah auf ihn herunter. Nichts weckt solche Zärtlichkeit wie der Anblick eines schlafenden Kindes.

Und Sheila war keineswegs gegen Jean-Claude voreingenommen. Während ihres Selbstgesprächs auf der stundenlangen Heimfahrt nach Cape Cod war ihr etwas hundertprozentig klargeworden: Das Kind war unschuldig. Wie groß ihre Empörung auch sein mochte (und sie hatte weiß Gott allen Grund) – sie bezog sich auf ihren Mann. Nichts von allem war Jean-Claudes Schuld. Nichts.

Sie betrachtete das schlafende Kind. Das braune Haar war ihm in die Stirn gefallen. Sollte sie es zurückstreichen? Nein, das würde ihn vielleicht wecken. Und dann würde er plötzlich aufwachen, in fremder Umgebung, weit von daheim, und sich ängstigen. Wie er so dalag und schlief, war er nur ein Neunjähriger, der friedlich unter Decke und Buch atmete.

Und wenn er Alpdrücken bekam? Konnte er dann nicht aufwachen und nach jemandem weinen, der für ihn unwiederbringlich verloren war? Zu wem sollte er sich dann flüchten? Zu mir darfst du kommen, sagte sie in Gedanken. Ich tröste dich, Jean-Claude. Hoffentlich glaubst du nicht, ich sei kalt. Ich habe dich gern.

Bis jetzt war ihr Blick nur auf die kleine Gestalt im Bett gerichtet gewesen. Dann fiel ihr ein, daß sie die Lampe ausknipsen mußte. Fast zufällig schweifte ihr Auge zum Nachttisch. Sie erstarrte. Mit ihrer Anwandlung von Zärtlichkeit war es vorbei.

Dicht neben Jean-Claudes Kopfkissen stand ein Bild im Silberrahmen. Eine Fotografie. Höchstens ein paar Monate zuvor aufgenommen. Jean-Claude in einem Gartenrestaurant, der einer Frau zulächelte. Einer schönen Frau mit tiefschwarzem Haar in weit ausgeschnittener Bluse, die ihn ebenfalls anlächelte.

Das also war sie. Sie war schön. Sehr schön.

Offenbar holte Jean-Claude das Foto nur nachts heraus.

Sheila wandte sich ab und ließ das Licht brennen.

„Schläft er jetzt?“ fragte Bob.

„Ja“, sagte sie. Ihre Kehle war wie ausgedörrt.

„Sheila“, sagte Bob zärtlich, „wir kriegen es schon wieder in Ordnung, wir zwei.“ Sie brachte keinen Ton heraus.

„Ich liebe dich, Sheila. Nichts auf der ganzen Welt ist wichtiger.“

Sie antwortete nicht.

Sie hätte es so gern geglaubt. Aber sie konnte es nicht mehr.

15. Kapitel

Am nächsten Morgen wachte Bob als Erster auf. Sonne durchflutete den Raum. Es war ein wunderbarer Tag. Er blickte zu seiner schlafenden Frau hinüber und dachte: Womit kann ich ihr ein Lächeln abzwingen? Dann ging er in die Küche hinunter, kochte Kaffee und brachte ihn ihr ans Bett.

„Oh, danke!“ sagte sie etwas verschlafen (lächelte sie nicht beinahe?).

Er setzte sich auf den Bettrand. „Du, Sheila, es ist phantastisches Wetter draußen. Wollen wir nicht mal nach Provincetown fahren?“

„Nur wir beide?“

„Nein, wir alle.“

Verdammt. Noch während er sprach, merkte Bob, daß er eine einzigartige Gelegenheit verschenkt hatte.

Trotzdem hob sich seine Stimmung wieder, als sie erst einmal in dem malerischen kleinen Fischerhafen mit Künstlerkolonie und Fremdennepp angekommen waren. Offenbar hatten alle Spaß daran. Die enge „Geschäftsstraße“ (Bob war immer schon der Ansicht gewesen, sie müsse Geschäftemacherstraße heißen) wimmelte von Touristen mit leuchtendbunten Flatterhemden und noch leuchtenderen Sonnenbränden. Im ersten einschlägigen Laden mußte sich Jessica unbedingt eine Sonnenbrille in wahrhaft grauenvollem Rosa kaufen.

„Klasse“, fand Paula, „darf ich auch so eine haben?“

„Auf keinen Fall“, entschied Bob energisch. „Sie sieht damit aus wie Draculas Tochter.“

„Du willst mich wohl beleidigen?“ fragte Sheila mit einem Anflug von Humor.

„Vater!“ protestierte Jessica, „du hast keine blasse Ahnung. Stell dir vor, in Europa gilt so was als sehr schick. Stimmt's Jean-Claude?“

„Sie ist sehr interessant“, räumte der Junge ein, „aber gesehen habe ich so was noch nirgends, glaube ich.“

„Das kommt noch“, sagte Jessica und segelte voraus, um sich die bunten Schaufenster anzuschauen. Später kletterten sie hinauf zum Denkmal der Pilgerväter, betrachteten es mit geziemender Ehrfurcht und kletterten wieder hinunter. Die beiden Mädchen gingen mit Sheila einige Schritte voraus und blieben von Zeit zu Zeit vor der Auslage eines Antiquitätengeschäfts stehen. Jean-Claude ging mit Bob. Davon gerührt, fing Bob an zu dozieren wie ein wandelnder Baedeker und machte ihn auf diese und jene Sehenswürdigkeit aufmerksam, an der sie vorüberkamen. Dabei hatte er die ganze Zeit eine zeitgenössische Sehenswürdigkeit vor Augen, und zwar ganz nah. „Siehst du die da in den weißen Shorts? Die hat die schönsten Beine, die wir heute gesehen haben.“

In diesem Augenblick wandte die Frau mit den schönen Beinen – es war Sheila Beckwith – sich um und lächelte ihnen zu. Ob sie Bobs Worte gehört hatte? Er hoffte es.

Nachmittags aßen sie an der MacMillan-Werft Quahogs.

„Das spricht sich Ko-hogs“, erklärte Paula dem Besuch, der Mühe hatte, den Namen der Muschel richtig auszusprechen.

Später kaufte Bob jedem ein Soft-Eis, und alle wanderten hinaus auf den Pier, um zuzusehen, wie die Fischer den Fang des Tages ausluden. Für Jean-Claude war dies der Höhepunkt des ganzen Ausflugs. Nur etwas verstand er nicht.

„Sprechen die Spanisch?“ wollte er wissen.

„Portugiesisch“, sagte Sheila. „Die meisten Fischer hier stammen aus Portugal.“

Als sie wieder am Wagen waren und einstiegen, konstatierte Jean-Claude: „Hier gefällt es mir. Es erinnert mich an zu Hause.“

Wenig später fuhren sie die Route 6 A am Meer entlang. Bob war zufrieden. Der Ausflug war ein voller Erfolg gewesen. Die Kinder waren in Hochstimmung, und auch Sheila schien sich amüsiert zu haben. Er warf einen Blick auf seine Armbanduhr. Es war kurz vor fünf.

„Hört mal“, sagte er. „Ich habe eine großartige Idee.“

„Was denn?“ fragte Paula, stets bestrebt, ihren Horizont zu erweitern.

„Ich habe Onkel Bernie versprochen, im Lauf des Nachmittags wieder mit ihm zu joggen. Wollt ihr nicht alle mitkommen?“

Jessies Antwort kam blitzschnell und patzig. „So weit, daß ich mir die Midlife-Krise runterjoggen muß, bin ich noch nicht.“

Bob seufzte. Ich hätte sie gar nicht erst fragen sollen, dachte er.

Er wandte sich an seine treue Bundesgenossin. „Möchtest du mit, Paula?“

„Ach, Papi, eigentlich bin ich zu müde. Vielleicht morgen.“

Damit streikten schon zwei. Etwas entmutigt, fragte er seine Frau: „Und du, Sheila?“

„Ich glaube nicht, Bob“, sagte sie sanft, „aber wir können dich am Sportplatz absetzen, und Bernie kann dich ja nachher heimfahren.“

„Okay“, sagte er und ergab sich in die Einsamkeit des Langstrekkenjoggers. Eine Weile herrschte Schweigen. Dann sprach Jean-Claude.

„Darf ich bitte mitkommen?“ fragte er.

Bob war begeistert. „Was? Möchtest du auch laufen?“

„Nein“, entgegnete der Junge, „aber ich möchte dir gern zuschauen.“

Bernie lief sich schon warm, ohne das Feld aus den Augen zu lassen, wo Davey die Fußballstars mal wieder an die Wand spielte.

„Hallo, Beckwith“, rief er, während er weiter wie ein Hampelmann hüpfte.

„Hallo – äh – Kleiner.“ Bernie hatte nicht etwa ein schlechtes Gedächtnis – er konnte sämtliche Boxweltmeister des Jahrhunderts auswendig hersagen –, aber der Anblick von Bobs „Problem“, das da *in persona* auf ihn zukam, blockierte momentan sein Erinnerungsvermögen. Er war – um es in seiner eigenen Sprache auszudrücken – platterdings platt.

„Hallo, Bern."

„Hallo, Mr. Ackerman", sagte Jean-Claude.

„Hallo - äh - mein Junge, wie geht's, wie steht's? Willst du auch laufen?"

„Nein, ich warte hier nur auf Bob."

„Sport ist unerläßlich für Jungen im Wachstumsalter", dozierte Bernie, dann drehte er sich um und zeigte auf das Spielfeld. „Sieh dir den Davey an, der wird mal ein richtiger Tarzan."

„Jean-Claude hat vielleicht keine Lust, sich von Baum zu Baum zu hangeln", unterbrach ihn Bob. „Komm, Bern, wir starten."

Die Männer preschten los. Der Junge schlenderte zu den Tribünen, stieg hinauf in die vierte Reihe, von wo aus er die ganze Bahn gut übersehen konnte, und setzte sich.

„Na und, Beckwith?" flüsterte Bernie, sobald sie in der Kurve waren.

„Was, na und?"

„Wann reist er ab?"

„Ich hab' dir doch schon gesagt, Bern: Sheila war mit einem vierwöchigen Besuch einverstanden."

„Schon gut. Aber denk daran, ich hab' dich gewarnt! Was eine Frau sagt und was sie denkt, muß nicht unbedingt dasselbe sein."

„Wollen wir nun laufen oder reden?"

Bob beschleunigte das Tempo in der Hoffnung, seinem Partner dadurch das Wort abzuschneiden. „Übrigens", keuchte Bernie, „du weißt ja, alles, was du mir erzählt hast, ist bei mir so unter Verschluß wie in Fort Knox. Keine Folter könnte es mir entreißen. Bloß ..."

„Bloß was?"

„Ich möchte es so gern Nancy sagen. Ich finde immer, Mann und Frau sollten keine Geheimnisse voreinander haben."

Und als Bob nicht reagierte: „Beckwith, ich schwör's dir, Nancy ist die Diskretion und Verschwiegenheit in Person. Außerdem würde sie merken, daß ich irgendwas vor ihr geheimhalte. Und dann denkt sie Gott weiß was."

„Darauf kommt sie bestimmt nicht", sagte Bob ironisch.

„Eben deswegen. Bitte, Beckwith, Nancy sagt es bestimmt nicht weiter. Ich schwöre es dir beim Leben meiner Mandanten."

Der Druck wurde zu stark.

„Meinetwegen, Bern", seufzte Bob, „aber nicht im Detail, ja?"

„Nun mach dir nicht ins Hemd. Die nackten Tatsachen sind unglaublich genug, wenn du weißt, was ich meine."

„Und ob. Wann willst du's ihr sagen?"

Drei Laufschritte später antwortete Bernie verlegen: „Gestern abend."

Die Fußballerkanonen von der High-School begannen auseinanderzulaufen und verabschiedeten sich von Davey Ackerman. Da er gestern Torschüsse trainiert hatte, stand heute das Dribbeln auf dem Programm. Er trabte um das Spielfeld und trieb den Ball mal mit dem rechten, mal mit dem linken Fuß vor sich her.

Unterhalb der Tribüne sah er plötzlich den ausländischen Besuch von Jessica Beckwith ganz allein sitzen. Er stoppte den Ball mit dem Fuß, blieb plötzlich stehen und rief hinauf.

„He, du da!"

„Ja?" antwortete Jean-Claude.

„Bist du der Franzose, der bei Beckwiths wohnt?"

„Ja."

„Warum hockst du da so rum?"

Jean-Claude zuckte die Achseln.

„Hast du was dagegen?" fragte er. Er ahnte, daß der andere ihn provozieren wollte.

„Warum treibst du dich eigentlich dauernd mit Jessica herum?"

Jetzt klang Davey unmißverständlich aggressiv.

„Ich - ich bin da zu Besuch. Sie ist meine Freundin ..."

Jean-Claude wußte nicht recht, was von ihm erwartet wurde. Er fühlte sich allmählich etwas beklommen.

„Sie ist *meine* Freundin, Frenchie, ist das klar? *Meine*", wiederholte Davey und trommelte sich dabei bekräftigend auf die Brust.

„Ich heiße nicht Frenchie", sagte der Junge ruhig.

Aha, das ist der wunde Punkt, dachte Davey.

„Ach nein? Ich kann dich nennen, wie ich will und wann ich will, verdammt noch mal, und so oft ich will und dann noch zehnmal. Frenchie, Frenchie, Frenchie ..."

Davey stand da, den rechten Fuß auf dem Ball, und machte mit der rechten Hand eine spöttische Geste zur Nase hin.

Jean-Claude stand auf.

Davey holte tief Luft und richtete sich zu seiner vollen Höhe auf. Er überragte den Jüngeren beträchtlich.

„Willst du was von mir, Frenchie?"

Langsam stieg Jean-Claude von der Tribüne herunter und ging auf Davey zu, der es nun darauf anlegte, so groß und kräftig zu wirken, daß dem Gegner angst und bange wurde.

„Mein Name ist Jean-Claude Guérin", sagte der Junge noch immer ruhig und kam näher.

„Und ich sage, du heißt Frenchie, Frenchie, das butterweiche Früchtchen."

Jetzt war Jean-Claude kaum mehr als einen Meter entfernt. Davey war ungefähr einen Kopf größer als er.

„Frenchie Butterweich", wiederholte Davey mit breitem Grinsen. Jean-Claude holte aus und stieß mit dem Fuß zu. Nicht nach Davey, sondern nach dem Ball, auf den er sich stützte.

Davey fiel auf den Hintern.

Die bereits aufbrechenden Fußballkumpel Daveys sahen von weitem den Sturz ihres Champions und fingen an zu lachen. Davey sprang wütend auf.

Er ging auf Jean-Claude los, aber der wich zurück, den Ball unter Kontrolle.

„Mein Name ist Jean-Claude", wiederholte er.

Davey stürzte vorwärts, um ihm den Ball zu entreißen. Jean-Claude expedierte ihn mit einem geschickten Stoß außer Reichweite.

Jetzt dribbelte der kleine Franzose dem Mittelfeld zu. Davey verfolgte ihn. Er sprintete, stürzte sich auf ihn. Jean Claude täuschte und wich aus. Davey kam nicht einmal in die Nähe des Balls. Die Jungen seines Teams begannen schrill zu pfeifen und

Beifall zu klatschen. Noch nie hatten sie so einen Knirps so geschickt mit dem Ball umgehen sehen. Daß europäische Kinder das Laufen und das Kicken gleichzeitig lernen, hatte ihnen in der Schule niemand beigebracht.

Jetzt drang das Gebrüll und Gejohle auch zu den erschöpften Joggern auf der anderen Seite des Spielfeldes. Bernie hörte es als erster. Er wollte seinen Augen nicht trauen.

„Heiliges Kanonenrohr", rief er aus, „der Junge ist ja ein As."

Bob blickte zuerst gar nicht auf, weil er annahm, Bernie sänge wieder einmal eine Hymne auf seinen Sohn. Dann hob er den Kopf.

Er sah Jean-Claude täuschen, sah Davey Ackerman angreifen und erneut mit dem Gesicht im Staub landen.

Es lief ihm kalt über den Rücken. Donnerwetter, dachte er, *mein Sohn* ist phantastisch. „Bravo, Jean-Claude!" schrie er.

„Bien joué, bien joué.".

„Beckwith", sagte Bernie betont ruhig, „sieh zu, daß du den Jungen los wirst, ehe es zu spät ist."

„Was zum Teufel meinst du mit zu spät?"

„Ehe du dich in ihn verliebst."

16. Kapitel

„Na, seid ihr schön gelaufen?“ fragte Sheila.

„Es ging“, sagte Bob.

„Hat es dir auch Spaß gemacht, Jean-Claude?“

„Ja, danke.“

„Er hat ein bißchen Fußball gespielt“, berichtete Bob und konnte den Stolz in seiner Stimme nicht unterdrücken, „du hättest ihn sehen sollen! Er spielt wirklich ausgezeichnet.“

Jean-Claude strahlte. Bob sah ihn aus den Augenwinkeln an. Daß sein Lob dem Jungen solche Freude machte, freute ihn selbst fast am meisten.

„Solltest du dich nicht vor dem Essen noch mal waschen, Jean-Claude?“

„Okay, Bob“, sagte er und lief aus der Küche.

Bob küßte Sheila auf die Wange. „Riecht ja toll hier. Was kriegen wir denn?“

„Eigentlich nur Reste.“

„Kann ich was helfen?“

„Ja, Kartoffeln schälen.“

„Gern.“ Er war glücklich, wieder etwas gemeinsam mit ihr zu tun, und wenn es auch nur Küchendienst war. Er band eine Schürze um und begann zu schälen.

Eine Kartoffel später sagte Sheila beiläufig: „Evelyn hat übrigens angerufen …“

„Was wollte sie denn? Nur fragen, ob du dich auch amüsierst?“

„Nein, sie will, daß ich morgen nach Cambridge komme.“

„Die hat vielleicht Nerven! Hoffentlich hast du ihr gehörig Bescheid gesagt!“

„Sie hat mich dringend darum gebeten. Es scheint wichtig.“

„Liebling, Evelyn Unger ist eine Ausbeuterin und arbeitssüchtig. Der Verlag ist schließlich nicht die *New York Times.* Es gibt dort wohl kaum etwas, was nicht drei Wochen warten kann?"

„Doch, Gavin Wilson", entgegnete sie.

„Ist der denn nicht in Washington, um dem Nationalen Sicherheitsrat beizubringen, wie man Massachusetts angreift?"

„Ja, aber morgen ist er in Cambrigde. Nur morgen."

„Und was hat das mit dir zu tun?"

„Er ist *der* Star in unserem Programm. Und weil neuerdings wieder alle Welt von ihm spricht, möchte Evelyn daraus Kapital schlagen und seine Bücher neu herausbringen."

„Ich war der Meinung, ein Verlag wie die *University Press* müßte sich bei solchen Geschichten vornehm zurückhalten. Außerdem ist Wilsons außenpolitisches Zeug ein alter Hut."

„Deswegen möchte Evelyn ja, daß ich mich mit ihm treffe. Ich soll ihn überreden, einiges umzuschreiben und auf den neuesten Stand zu bringen."

„Und dafür sollst du etwas von deinem Urlaub opfern?"

Sie sah ihn an und sagte ruhig: „Bob, es schmeichelt mir, daß man mich dazu auffordert."

Nun begriff er. Oder glaubte zu begreifen. In diesem heiklen Augenblick brauchte sie Anerkennung von neutraler Seite. Er sollte sich für sie freuen.

„Na ja", meinte er nach einer weiteren Kartoffel, „es ist ja auch schmeichelhaft, nicht? Ich hab' dir doch schon immer gesagt, du bist der beste Lektor, den die jemals hatten. Wird allmählich Zeit, daß sie das anerkennen, würde ich sagen."

„Und ich würde sagen: Schäl weiter", entgegnete sie gutgelaunt.

Bob hatte Feuer im Kamin gemacht. Sie saßen geruhsam beieinander und lauschten der Brandung.

„Hör zu", sagte er so spontan wie möglich. „Ich habe eine Idee."

„Nämlich?" fragte sie.

„Wir fahren beide nach Cambridge ..."

„Und was wird aus den Kindern?"

Gott sei Dank, dachte Bob optimistisch, sie ist nicht prinzipiell dagegen.

„Wir könnten Susie Ryder bitten, daß sie hier schläft."

„Schläft?" Jetzt hatte er sich zu sehr in die Karten schauen lassen.

„Na ja, ich dachte, wir könnten uns auch mal was gönnen und zu Hause in Lexington übernachten. Nur wir zwei."

Sein Blick bettelte: Sag ja, Sheila, wir brauchen es beide.

„Es wäre ein bißchen umständlich", entgegnete sie.

„Gut, dann fahren wir nur zu deiner Verabredung, ich kaufe im *Coop* ein paar Platten, wir essen früh zu abend und fahren wieder heim."

Bitte, Sheila, dachte er. Bitte begreif doch, daß ich die Verbindung zwischen uns wieder kitten muß.

Sie dachte nach.

„Diesmal nicht", sagte sie schließlich.

Wenigstens war es nur eine bedingte Ablehnung. Aus dem „diesmal nicht" ließ sich stillschweigend folgern, daß es vielleicht ein anderes Mal möglich wäre.

Sie stand auf.

„Ich sollte besser früh ins Bett gehen", sagte sie. Und ehe er aufstehen und ihr folgen konnte, trat sie hinter seinen Sessel, legte dicht neben seinem Kopf den Arm auf die Lehne und flüsterte: „Es war ein schöner Tag heute."

Dann küßte sie ihn leicht auf die Stirn und ging zur Treppe.

Es war eine kleine Geste und doch das Beste, was ihm seit Wochen geschehen war.

17. Kapitel

„Hallo, Sheila“, rief ihr Maureen, die Dame am Empfang, entgegen. „Er ist schon bei Evelyn drin. Sie Glückspilz.“

Komisch, dachte Sheila, während sie den Korridor entlang zu den Lektoratsräumen ging, sonst ist Maureen eher blasiert, weil täglich Leute wie Kissinger und Galbraith bei ihr vorüberkommen.

Als sie um die Ecke bog, sah sie ihn mit Evelyn an deren Schreibtisch Kaffee trinken. Er war lang und schlaksig, hatte graumeliertes Haar und trug eine eckige Hornbrille, Jeans und ein T-shirt mit dem Aufdruck *Go Boston Red Sox!* Sie war erstaunt, sie hatte eher einen Anzug mit Weste (Einfluß von Washington) zum englischen Akzent (Einfluß von Oxford) erwartet.

Als sie näher kam, stand er auf. Er war sehr groß. Evelyn machte bekannt.

„Gavin, das ist Sheila Beckwith, unsere Cheflektorin.“

„How do you do“, sagte Wilson. (Wenigstens das mit dem englischen Akzent stimmte.) „Ich höre, Sie haben mir zuliebe Ihren Urlaub unterbrechen müssen. Das tut mir schrecklich leid.“

„Im Gegenteil, ich freue mich über die Gelegenheit, mit Ihnen zusammenzuarbeiten, Dr. Wilson.“

„Gavin, bitte. Darf ich Sie Sheila nennen?“

„Selbstverständlich. Ich weiß, Ihre Zeit ist knapp: Wollen wir gleich in mein Büro gehen und anfangen?“

Lächelnd wandte er sich an Evelyn. „Sie haben nicht übertrieben, sie ist ein strenger Zuchtmeister.“ Und zu Sheila: „Darf ich Ihnen, während wir hinübergehen, einen Kaffee holen?“

„Ja, bitte“, sagte Sheila, „mit Milch, aber ohne Zucker.“

Als er damit ihr Büro betrat, hatte Sheila schon seine drei Bücher auf dem Schreibtisch zurechtgelegt und Notizpapier ausgebreitet.

Er stellte den Kaffeebecher auf einer Tischecke ab und setzte sich ihr gegenüber.

„Danke“, sagte sie lächelnd und fragte dann, um das Gespräch in Gang zu bringen: „Haben Sie manchmal Sehnsucht nach Cambridge?“

„O ja, doch. Obwohl Washington einen für vieles entschädigt. In Harvard treffen einen nur ein paar schwache Strahlen des Ruhms, aber wenn man im Weißen Haus arbeitet, bekommt man ein ganz kleines bißchen Macht, und ich muß ehrlich sagen: Das genieße ich.“

„Ich bewundere Ihre Offenheit.“

„Auch wenn das derzeitige Ministerium abgewählt wird, hoffe ich zuversichtlich, daß man mich wieder berufen wird. Falls man einen verlorenen Sohn wieder aufnimmt.“

„Das wird man bestimmt“, lächelte Sheila, „schon deshalb, weil bis dahin Ihre Bücher in Neubearbeitung vorliegen werden.“

„Aha, ich merke schon, man geht mir um den Bart, damit ich umfassende Revisionen vornehme“, sagte er. „Aber um es gleich so offen herauszusagen, wie Sie es schätzen: An mehr als eine Art Vorwort zur zweiten Auflage hatte ich eigentlich nicht gedacht. Der Termindruck in Washington wäre ein guter Grund dafür, daß ich nicht die ganze Sache nochmals völlig überarbeiten kann.“

„In diesem Fall bin ich überflüssig“, entgegnete Sheila freundlich, aber bestimmt. „Ich glaube nicht, daß die *Harvard University Press* Ihre Bücher mit nur kosmetischen Verschönerungen neu auflegen würde.“

Wilson rückte etwas unbehaglich auf seinem Stuhl hin und her, nahm einen Schluck Kaffee und sah Sheila an.

„Sie sind in puncto Offenheit auch nicht schlecht“, lächelte er.

„Vorläufig habe ich nur einen sehr summarischen Eindruck. Seit Evelyns Anruf konnte ich Ihre Bücher nur diagonal lesen. Aber nehmen wir zum Beispiel *Der Wiederaufstieg Deutschlands nach dem Krieg*. Das war damals auf seinem Gebiet das Beste. Daß es unmittelbar vor Beginn von Brandts Ostpolitik erschien, ist nicht Ihre Schuld.“

Er tat leicht betroffen. „Hm“, machte er. „Damit haben Sie leider recht. Sonst noch etwas?“

„So leid es mir tut: ja. Es gibt noch eine Menge Dinge, die wir im einzelnen durchgehen müßten. Aber an Ihrer Stelle würde ich mir die Zeit dazu nehmen. Sie stehen nun einmal zur Zeit häufiger als der gewöhnliche Harvard-Professor in den Zeitungen, also werden Ihre Herren Kollegen - das heißt jeder, der *nicht* in den Sicherheitsrat berufen worden ist - versuchen, Ihrer Gelehrsamkeit etwas am Zeuge zu flicken.“

Jetzt grinste er. „Woher wissen Sie denn so gut Bescheid über Universitätspraktiken?“

„Mein Mann ist Professor am M.I.T.“

„Tatsächlich? Welches Fachgebiet?“

„Statistik.“

„Donnerwetter, ein Gehirnathlet also. Ich geniere mich immer, wenn ich so jemandem begegne. Ich kann kaum eine Zahlenreihe addieren.“

„Bob kann es auch nicht“, lächelte Sheila. „Unsere Einkommensteuererklärung muß jedes Jahr ich machen.“

„Oha“, sagte Gavin Wilson. „Jetzt steigt meine Bewunderung für Sie ins Unermeßliche.“

Sein Lächeln schien nicht allein Sheilas rechnerischen Talenten zu gelten.

Sheila fand, nun hätten sie sich genügend warmgeredet, und kam wieder aufs Geschäftliche.

„Sie sehen, was die Neubearbeitung betrifft, steht für Sie mehr auf dem Spiel als für uns.“

„Ja, aber wenn ich Sie recht verstehe, verlangen Sie eine Menge Arbeit von mir?“

Sie nickte. „Ja, aber Ihre Lektorin ist bereit, dazu beizusteuern.“

„Das wäre ein echter Anreiz“, sagte Wilson. „Also fangen wir an. Hoffentlich wird die Operation nicht zu schmerzhaft.“

„Darf ich immer noch ehrlich sein?“

„Unbedingt. Seien Sie brutal. Besser Sie als die Kritiker. Außerdem ist mein Ego nicht kleinzukriegen.“

„Also, für die *Anglo-amerikanischen Beziehungen* brauchen wir ein aktuelles Schlußwort, sonst kann alles bleiben, wie es ist."

„So ein Glück. Besonders, weil gerade dieses Buch mir den Ruf nach Harvard eingebracht hat. Und was ist mit dem Titel über den ‚Gemeinsamen Markt'?"

„Tja", antwortete Sheila vorsichtig und suchte nach taktvollen Worten. „Noch während wir darüber reden, verändern sich diese Dinge. Und Sie haben an einigen Stellen etwas prophezeit, was ... nun ja ... was sich als nicht ganz zutreffend erwiesen hat."

„Völlig danebengegangen ist, meinen Sie. Zum Beispiel, daß es nie ein Europaparlament geben würde und so weiter. Zum Hellseher eigne ich mich wohl kaum, wie?" Das alles sagte er sehr vergnügt. Dann setzte er unvermittelt hinzu: „Jetzt mal eine ganz ernste Frage."

„Bitte?"

„Was spricht man über ein Restaurant namens Harvest?"

„Ach, das ist recht ordentlich."

„Dann wollen wir hingehen, ja?"

Margo würde sicherlich, wie jeden Tag, an ihrem Ecktisch sitzen. Aber schließlich und zum Donnerwetter, es war ja geschäftlich, oder?

Zum Lunch zog Gavin sich um. Das heißt, er zog eine Jeansjacke über sein T-shirt. Es war schon ziemlich spät, als sie das Restaurant betraten. Die meisten Leute waren bei Nachtisch und Kaffee. Margo schien schon gegangen zu sein.

Es war Juli, und Cambridge war ein Backofen. An Stelle eines Aperitifs bestellten sie sich Eistee. Da sie einen langen Nachmittag Redaktionsarbeit vor sich hatten, unterhielten sie sich beim Essen nur ganz allgemein.

„Woran arbeitet Ihr Mann gerade?"

„Nichts Seriöses. In diesem einen Monat am Cape genügt uns die Lektüre von Paperbacks."

„Also ein sehr ausgeglichener Akademiker. Noch nicht süchtig. Ich wünschte, ich könnte dem *furor scribendi* widerstehen. Aber ich meine immer noch, ich müßte unbedingt Bücher veröffentlichen. Haben Sie Kinder?"

Diese harmloseste aller harmlosen Fragen riß Sheila aus ihrer wohltuenden Betäubung.

„Ja", sagte sie nach einem sekundenlangen Zögern, „zwei Töchter, neun und zwölf. Und Sie?"

„Ich habe auch zwei Kinder, aber sie sind schon fast erwachsen. Mein Sohn studiert Medizin in Oxford. Gemma ist noch zu Hause bei meiner geschiedenen Frau, fängt aber im Herbst in East Anglia mit vergleichender Literaturgeschichte oder etwas Ähnlichem an. Ich glaube nicht, daß die beiden ihren Vater sehr vermissen. Unglücklicherweise vermisse ich *sie.*"

„Müssen Sie nicht hin und wieder fürs Außenministerium hinüber?"

„Ja, das wohl, als Komet für 48 Stunden. Ich rufe sie jedesmal an, aber sie haben nie Zeit und gerade dann immer etwas vor. Ich vermute, meine Geschiedene hat gegen mich Stimmung gemacht."

„Stehen Sie so schlecht mit ihr - oder darf ich das nicht fragen?"

„Doch, doch. Ja, wir stehen außergewöhnlich schlecht miteinander. Sie hat mir nie verziehen, daß ich mich nach Amerika habe abwerben lassen. Nicht daß sie etwas gegen Amerika hätte - sie war nie hier. Sie ist einfach prinzipiell dagegen. Sie hat mich gezwungen, zwischen ihr und Harvard zu wählen, und nie mit der Möglichkeit gerechnet, ich könnte mich für letzteres entscheiden. Seitdem ist sie nicht mehr gut auf mich zu sprechen. Ich habe sie immer noch gern. Und ich vermisse die Kinder - aber das habe ich schon gesagt. Entschuldigen Sie, daß ich Sie mit meinen Familienangelegenheiten langweile."

Er sah sie an. Gelangweilt sah sie zwar nicht aus, aber sie war eine attraktive Frau, und er wollte einen guten Eindruck machen.

„Es langweilt mich nicht im geringsten", erwiderte sie, aufrichtig froh, einmal über die Eheprobleme anderer reden zu können. Dann fragte sie: „Sind Sie verbittert?"

Auf diese Frage schien er nicht gefaßt. „Mache ich einen verbitterten Eindruck?"

„Natürlich nicht", sagte sie rasch, „die Frage war sehr ungezogen."

„Keineswegs", protestierte er, „nur unnötig."

Jetzt war sie überrascht. „Ich verstehe nicht", sagte sie.

„Bei Ihrem Scharfsinn haben Sie auch ohne diese Frage schon in der Mitte meines Monologs gemerkt, daß mein Stolz, gelinde gesagt, ein bißchen angeschlagen ist. Sonst hätte ich mich nicht so ausführlich darüber ausgelassen, wo wir doch über so vieles sprechen könnten, was uns *beide* interessiert."

Sheila wußte nicht, was sie sagen sollte. Sie fühlte sich geschmeichelt. Außer in bezug auf Bob und die Kinder hatte sie sich noch keinem Menschen gegenüber für scharfsichtig gehalten. Aber Gavin hatte ihr offenbar ein Kompliment machen wollen. Er galt ja als ausnehmend höflich.

Als sie nach der Kreditkarte in ihrer Tasche suchte, hielt er ihre Hand fest.

„Wofür halten Sie mich denn?" fragte er.

„Bezahlen tu *ich"*, sagte sie. „Es war schließlich ein Arbeitsessen."

„Bitte, ich bestehe darauf. Ich habe ausschließlich über meine häuslichen Probleme gesprochen."

„Nein. Ich benutze mein Spesenkonto so gern. Ich komme mir dann wichtig vor."

Sie fand die Kreditkarte, winkte dem Ober und zahlte.

„Danke, Sheila", lächelte er. „Überreden Sie andere immer so schnell?"

„Nur wenn es um meinen Job geht", gab sie lächelnd zurück.

Gegen halb sechs hatten sie vier Kapitel gewissenhaft durchgegangen und am Rande vermerkt, wo eine Überarbeitung oder eine nochmalige Durchsicht nötig war. Sheila wurde allmählich müde.

„Sie müssen mich entschuldigen, Gavin", sagte sie und unterdrückte nur mit Mühe ein Gähnen. „Ich habe noch eine lange Heimfahrt zum Cape vor mir. Ich kann die übrigen Kapitel durchsehen, die Seiten, die überarbeitet werden müssen, fotokopieren und sie Ihnen nach Washington schicken ..."

Er sah sie durch die obere Hälfte seiner bifokalen Gläser an und fragte: „Müssen Sie wirklich?“

Sie nickte. „Meine Familie wartet auf mich. Das Wichtigste ist doch, daß wir uns kennengelernt haben und uns über die Änderungen einig sind.“

„Ja“, sagte Gavin. „Ich bin sehr froh, daß wir uns kennengelernt haben.“

Sie suchte Ihre Unterlagen zusammen und legte sie in die Mappe.

„Sheila?“ Er war aufgestanden. – „Nachdem der Verlag mich freundlicherweise zum Lunch eingeladen hat, möchte ich mich gern revanchieren, indem ich Sie zum Dinner einlade.“

Sie blickte zu ihm hoch. Was sie den ganzen Nachmittag in steigendem Maße beeindruckt hatte, war nicht so sehr sein gutes Aussehen, als vielmehr seine Art. Geduld, Humor, Ironie ohne Zynismus.

„Ich sollte wirklich nach Hause“, wandte sie ein und hoffte, es klänge nicht zu endgültig. „Ich werde erwartet.“

„Können Sie nicht daheim anrufen? Schließlich könnten wir dann noch einige Änderungen besprechen.“

Sie zögerte einen Augenblick. Warum hatte sie es denn so eilig, in das Minenfeld heimzukehren, das sie einmal als ihr Zuhause bezeichnet hatte?

„Ich könnte eigentlich auch bei einer Freundin hier in Cambridge übernachten.“

„Fabelhaft! Rufen Sie doch von hier aus an, und ich gehe rüber in Evelyns Büro und lasse von dort aus einen Tisch reservieren.“

Sobald sie allein war, wählte sie Margos Nummer in der Galerie.

„Liebchen, bist du schon wieder hier? Hat es bei euch endlich geknallt?“

„Nein, ich hatte nur etwas für den Verlag zu erledigen. Ist es dir recht, wenn ich dich später noch mal anrufe, ob ich eventuell bei dir übernachten kann?“

„Aber ja, wundervoll. Hal ist mit den Kindern fischen gefahren. Fangen werden sie vermutlich nichts, außer dem Thunfisch in der

Dose, den ich ihnen mitgegeben habe. Wir könnten wie in der guten alten Zeit im Joss eine Mitternachtsparty abziehen. Wollen wir zusammen zu Abend essen?"

„Hm - nein. Ich habe noch ein paar Stunden zu tun."

„Dann mußt du unbedingt hierbleiben, ich stell' eine Flasche Wein kalt, und wir machen es uns gemütlich."

Dann rief sie Bob an, damit er Bescheid wußte. Er verbarg seine Enttäuschung nicht.

„Und die Kinder?" fragte er kläglich.

„Du bist ja da", erwiderte sie, „die schaffen es auch einmal eine Nacht ohne mich."

„Aber ich nicht", sagte er.

Das Lokal war halbdunkel. An den Tischen mit den karierten Decken drängte sich eine *insalata mista* aus jungen Collegepaaren und lärmenden italienischen Familien.

Ganz zwanglos gerieten sie in ein freundschaftliches Gespräch.

„Die Arbeit scheint Ihnen Spaß zu machen", bemerkte Gavin.

„Stimmt", erwiderte Sheila.

„Sie machen aber Ihre Sache auch wirklich großartig. Ich meine, Lektoren, die sich nicht hinter albernen Beschönigungen verkriechen, wenn ein Absatz kompletter Unfug ist, sind selten."

„Erzählen Sie mir von Washington", bat sie.

„Erzählen Sie mir noch mehr über sich", konterte er.

„Ich habe eigentlich schon alles gesagt. Mein Leben ist, verglichen mit Ihrem, sehr alltäglich."

Wieder hatte sie absichtlich das Gespräch auf ihn zurückgelenkt. *So* faszinierend bin ich nun auch wieder nicht, dachte er. Trotzdem war es eine Wohltat, daß jemand der Versuchung widerstand, nur über sich zu reden. „Sehen Sie den Präsidenten oft?" fragte sie.

„Den gibt's gar nicht. Mit wenigen Ausnahmen ist das Präsidentenzimmer besetzt von gutangezogenen Akteuren, die das lesen, was ein Schriftstellerteam für sie geschrieben hat. Zu letzterem gehöre ich. Allen Ernstes: Der derzeitige Inhaber des hohen Amtes erinnert an den kleinen Roboter aus *Krieg der Sterne.*"

„Jetzt sind Sie boshaft."

„Und ich dachte, ich sei nur auf charmante Art respektlos."

„Das außerdem. Sie sind überhaupt genau das, was die Zeitungen von Ihnen behaupten."

„Wirklich? Solche Sachen lese ich nicht."

„Ich auch nicht", sagte Sheila, „aber meine Sekretärin schneidet sie aus und legt sie mir auf den Schreibtisch."

Er sah ihr unverwandt in die übermütigen grünen Augen und sagte: *„Touché.* Vielleicht brauche *ich* einen neuen Ghostwriter."

„Das nicht", sagte sie rasch, „nur einen Lektor." Noch fast ehe die Worte ausgesprochen waren, merkte sie, daß sie erschreckend doppeldeutig klangen, und fügte hastig hinzu: „Ich würde gern noch mehr über unseren Roboterpräsidenten hören."

„Nein", sagte er mit Nachdruck, „da lesen Sie besser Jack Anderson. Erzählen Sie mir von anderen Schriftstellern. Sind alle so eitel wie ich?"

Das war wenigstens ein unverfängliches Thema.

„Normalerweise habe ich keinen persönlichen Kontakt zu ihnen. Überarbeitungen werden meist schriftlich erledigt."

„Dann habe ich ja Glück gehabt", sagte er warm.

Die Doppeldeutigkeit *seiner* Bemerkung machte sie so verlegen, daß sie verstummte.

Über die Kerzenflammen hinweg betrachtete Gavin sie aufmerksam und überlegte, warum diese schöne Frau bei all ihrer zur Schau getragenen Munterkeit so traurig wirkte.

„Sie wissen sicher, daß Sie ungewöhnlich reizvoll sind, Sheila", sagte er.

Sie gab sich größte Mühe, wie eine glücklich verheiratete Frau auszusehen.

„Sie halten das vermutlich nur für ein Kompliment?" fragte er.

„Ja", sagte sie.

„Glauben Sie nicht alles, was Sie lesen. Ich spiele jetzt nicht den routinierten Lebemann."

„Das habe ich auch nicht angenommen", erwiderte sie und überzeugte damit weder ihn noch sich.

„Um so besser", sagte er. „Das freut mich. Dann haben Sie auch keine Hintergedanken, wenn ich Sie jetzt zu einem Schlummertrunk einlade."

„Das geht leider nicht. Meine Freunde erwarten mich."

„Das Sheraton-Commander liegt genau zwischen dort und hier."

Sein Hotel. Mein Gott, war das durchsichtig. Und er so hartnäkkig. Ein dummer Trick. Ob er mit dem tatsächlich schon einmal gelandet war?

Zweifellos. Unter anderen Begleitumständen wäre es ihm wohl gelungen, sie glauben zu machen, daß sie attraktiv und begehrenswert sei. Ironie des Schicksals, daß es gerade jetzt sein mußte, wo ihr weibliches Selbstgefühl so angeschlagen war.

„Sheila?" wiederholte Gavin, der immer noch auf Antwort wartete.

„Ich würde gern annehmen –"

„Fein."

„– aber ich bin zum Umfallen müde. Es wäre kein besonderes Vergnügen." Das konnte er sich seinen geheimen Absichten entsprechend so oder so auslegen.

„Dann also ein andermal", sagte er freundlich und erhob sich, um ihr aus dem Stuhl zu helfen.

Schweigend fuhren sie am Hotel Commander vorbei zum Verlag. Er wartete, bis sie in ihren Wagen gestiegen war.

„Vielen Dank, Gavin", sagte sie.

Und er erwiderte: „Ich kann Ihnen gar nicht sagen, wie sehr ich mich auf unsere Zusammenarbeit freue."

18. Kapitel

„Aha, du hast also gar keine Überstunden gemacht, sondern ein Rendezvous gehabt!“

„Ich habe mit einem *Autor* gegessen, Margo.“

„Und wenn es ein Trapezkünstler gewesen wäre: Es war ein Mann, und du warst mit ihm aus. So was heißt bei mir ein Rendezvous. Und jetzt erzähl mir *alles!*“

Während sie sich auf der Couch niederließ, wurde Sheila bewußt, daß sie zum ersten Mal im Leben ihre geheimsten Gedanken wirklich mit Margo teilen wollte.

„Kann ich ein Glas Wein haben?“ fragte sie.

Margo goß ihr ein. „Nun laß mal hören. Sag, ist es nicht genau wie damals in Vassar?“

„Also gestern hat mich Evelyn angerufen“, begann Sheila ganz harmlos, „wegen einer eiligen Sache. Wir wollen drei von Gavin Wilsons Büchern neu auflegen.“

„Einen Riecher haben die, das muß man ihnen lassen“, konstatierte Margo. „Der ist ganz groß im Kommen. Aber hätte das nicht bis nach deinem Urlaub Zeit gehabt?“

„Eben nicht. Gavin war nur heute in Cambridge.“

„Gavin?“ lachte Margo spitzbübisch. „Bei den Vornamen seid ihr also schon?“

„Sei nicht komisch, Margo, wir haben lediglich gearbeitet.“

„Natürlich“, sagte sie. „Ist er so ein Beau wie auf den Fotos?“

„Kann schon sein“, meinte Sheila zurückhaltend.

„Spricht er mit englischem Akzent?“

„Schließlich ist er aus England.“

„Der englische Akzent hat etwas Verführerisches, findest du nicht?“

„Manchmal schon.“

Sheila hätte lieber nur die Ereignisse chronologisch aufgezählt, aber Margos Radargerät empfing auch alles Ungesagte.

„Hast du ihm gefallen?“

Sheila zögerte.

„Er hält mich für eine gute Lektorin.“

„Papperlapapp. Wohin hat er dich zum Essen ausgeführt?“

„In die *Groceria* am Central Square.“

„Aha, Kerzenlicht. Sehr romantisch. Ihr habt natürlich nur über die notwendigen Änderungen gesprochen?“

„Aber ja.“

„Schwindle nicht!“

„Es ist ganz normal, daß man auch über ein paar andere Dinge redet.“

„Selbstverständlich. Und wann hat er den ersten Annäherungsversuch gemacht?“

„Wie bitte?“

„Komm, komm, Sheila. Er ist ein toller Typ, ist außerdem noch zu haben, und schließlich ist er auch bekannt für so was.“

„Aber ich bin …“

„Du bist ausnehmend hübsch.“

„Ich wollte sagen - ich bin verheiratet.“

Margo hob die Brauen. „Und die Welt ist rund“, erklärte sie. „Beides hat mit Garvin Wilson nicht das geringste zu tun.“

Sheila nahm noch einen Schluck und sagte: „Der Wein ist gut.“

„Aha. Ich habe also recht. Jetzt erzähl mir, was er gesagt hat, und ich sage dir, was er damit gemeint hat.“

„Was, den ganzen Abend?“

„Nein, du Unschuldslamm. Nur was beim Nachtisch passiert ist.“

„Nichts ist passiert. Er hat mich zu meinem Wagen gebracht. Das ist alles.“

„Und ihr habt euch nicht unterhalten?“

Sheila hielt inne. Ihr kamen Bedenken, Margo mehr zu sagen.

„Na ja, er hat mich noch auf einen Drink eingeladen. Aber das hat nichts zu sagen, glaube ich.“

Margo riß die Augen weit auf. „Auf einen Drink. Und wohin?"

„In sein Hotel."

„Nun, ich würde meinen, das war ein recht deutlicher Annäherungsversuch."

„Kann sein", räumte Sheila ein. „Ja. Wahrscheinlich."

„Und warum zum Teufel hockst du dann *hier?*"

„So etwas gehört nun einmal nicht in mein Repertoire."

Margo stand auf und setzte sich neben sie auf die Couch.

„Jetzt hör mal zu, mein Engel", sagte sie ruhig und nahm Sheilas Hand: „Du warst von jeher die vollkommene Gattin, und eben erst hat man dir dein Ego mit der Dampfwalze überfahren. Tut es dir da nicht wohl, wenn so ein Prachtstück von Mann dich phantastisch findet?"

„Ich – ja, geschmeichelt war ich schon irgendwie."

„Dann wiederhole ich meine Frage: Was auf der Welt machst du *hier?*"

„Margo, ich bin genug gedemütigt worden. Da brauche ich nicht auch noch einem englischen Casanova als nächtliche Zerstreuung zu dienen."

„Bist du sicher, daß er nur darauf aus ist?"

„Darauf kommt es nicht an, Margo. Trotz dieser ganzen elenden Geschichte liebe ich Bob nach wie vor und will nicht, daß meine Ehe noch mehr leidet als sie bereits gelitten hat."

„Woher willst du wissen, daß deine Ehe darunter leiden würde?"

Sheila versuchte, in Margos Gesicht zu lesen. Sie schien aufrichtig besorgt. Diesmal sprach nicht die Pseudoweltdame von Josselyn Hall, die Befürworterin der freien Liebe, die bis zu ihrem Hochzeitstag Jungfrau geblieben war. Diesmal versuchte eine Freundin, die ihr von Herzen zugetan war, ihr die traurige Wahrheit beizubringen, daß nichts im Leben vollkommen war. Eine Tatsache, die Sheila offenbar noch nicht begriffen hatte.

„Sieh mal, Sheila", fuhr Margo fort, „hier geht es nicht um Rache oder darum, es Bob heimzuzahlen. Er braucht es nicht einmal zu erfahren ..."

„Aber er liebt mich", murmelte Sheila, „und er hat sich solche Mühe gegeben."

Was hätte Margo noch sagen können, ohne ihre Freundschaft aufs Spiel zu setzen? Höchstens dieses:

„Und was ist mit der verführerischen französischen Ärztin?"

Das traf.

„Verdammt", sagte Sheila. Sie biß wütend die Zähne zusammen. Sie wollte wahrhaftig nicht an die Schönheit der verstorbenen Nicole Guérin erinnert werden.

Eine Weile saßen die beiden Frauen schweigend nebeneinander. Schließlich fragte Margo:

„Wie - bitte präzise - bist du mit Gavin verblieben?"

„Ich hab' gesagt, daß ich müde bin."

„Du hast also nicht die Tür ins Schloß geknallt, wie?"

„Nein ist immer noch nein."

„Und es hat dich kein bißchen gereizt?"

Warum jetzt noch leugnen?

„Margo, wohin hätte es denn führen sollen?"

„Wahrscheinlich nirgendwohin. Aber vielleicht hätte es dich ein bißchen weniger unglücklich gemacht. Jedenfalls wirst du es nie erfahren, wenn du die Sache nicht weiterbetreibst."

Sheila wollte die Diskussion beenden oder wenigstens bis auf weiteres verschieben.

„Hör mal", sagte sie, „die nächsten paar Monate werden wir an seinen Büchern arbeiten. Dann ist immer noch Zeit genug, um ..."

„Nein", sagte Margo leise, aber bestimmt, „ruf ihn jetzt gleich an."

„Was?"

„Es ist erst zwanzig nach zehn, ruf ihn jetzt an. Eh' du den Mut verlierst."

„Was soll ich denn sagen? Es ist mir peinlich."

„Nur, daß es ein wunderschöner Abend für dich war. Überlaß ihm den nächsten Zug. Damit hast du dir noch eine Möglichkeit gelassen."

Sheila atmete tief. „Es ist unrecht", sagte sie laut vor sich hin.

„Wo wohnt er?“ fragte Margo.

„Im Sheraton-Commander.“

Sekunden später blätterte Margo im Telefonbuch. Sie fand die Nummer, kritzelte sie auf einen Zettel und reichte ihn Sheila.

„Ruf an, Liebes“, sagte sie.

„Ich kann nicht.“

„Dann tu ich's.“

„Margo! Bitte!“

„Wie du willst, Sheila. Es ist dein Leben. Ich will hier nicht den Mephisto spielen. Sei unglücklich, wenn dir das lieber ist.“ Sie fing an, den Zettel zu einem Knäuel zu zerknüllen.

„Warte“, sagte Sheila hastig. „Ich – ich tu's selber.“

Ihre Finger zitterten leicht, als sie die Telefontasten niederdrückte.

„Sheraton-Commander. Guten Abend.“

„Hm ...“ Sheilas Stimme war plötzlich belegt und etwas heiser. „Kann – kann ich Gavin Wilson sprechen?“

„Ich verbinde mit Dr. Wilson ...“

Sheila warf einen gequälten Blick auf Margo, die ihr ermutigend zunickte.

Die nächsten Augenblicke erschienen ihr endlos. Schließlich meldete sich wieder die Telefonistin.

„Dr. Wilson antwortet nicht. Kann ich etwas ausrichten?“

„N-nein, danke schön.“ Sheila ließ den Hörer wieder in die Gabel rutschen.

Gott sei Dank.

19. Kapitel

Jean-Claude saß an seinem Stammplatz am Strand. Heute las er *Initiation à la Géographie.* Er saß schon seit dem frühen Morgen dort, war vor den anderen aufgestanden, hatte sich - weil Sheila nicht da war - selber Kaffee gekocht, eine Tasse davon getrunken und den Rest für Bob stehenlassen.

Etwas später tauchte Jessica am menschenleeren Strand auf. Diesmal hatte sie die Taschenbuchausgabe von *Anna Karenina* bei sich (mit dem neuen Umschlag der Fernsehserie) und wanderte weiter zu einer Düne. So saßen die beiden wie Bücherstützen, einige hundert Meter stummen Sandes und Treibholzes zwischen sich.

Die Sonne näherte sich dem Zenit, da verdunkelte ein unliebsamer Schatten Jessies Lesebeleuchtung.

„Na, Jess, was machst du denn?"

Sie blickte auf. Der Spießbürger Davey Ackerman.

„Lesen", entgegnete sie. „Ich würde es begrüßen, wenn du mir aus der Sonne gingst."

„Ich muß dir was sagen, Jess", verkündete er.

„Es dürfte nichts sein, was mich im entferntesten interessiert. Hau ab."

„Und wenn ich dir 'n Geheimnis erzähle? Ein richtig tolles Ding - magst du mich dann?"

„Das müßte schon was ganz Besonderes sein."

„Bei dem wirst du Mund und Nase aufsperren."

„O yeah?"

„Yeah."

Sie schlug *Anna Karenina* zu und sah Davey mit der gewohnten Verachtung an. „Also um was geht es?" fragte sie.

„Komm mit in die kleine Bucht."

„Warum?“

„Weil es geheim bleiben muß, Jess. Es darf uns keiner sehen. Wenn's jemand rauskriegt, bringen sie mich um.“

Der Gedanke, daß ein Mann sein Leben riskierte, um ihr etwas mitzuteilen, machte Jessie neugierig. Sie stand auf.

„Okay“, sagte sie und klopfte sich den Sand von den Shorts, „aber das sage ich dir: Es muß sich lohnen.“

Sie wanderten den Strand entlang bis hinter die Düne der kleinen Bucht, wo sie nur noch für die tieffliegenden Möwen zu sehen waren.

„Also?“ fragte Jessica ungeduldig.

„Hör zu“, sagte er und atmete einmal tief, um sich Mut zu machen, „gestern abend hab' ich gehört, wie meine Eltern sich unterhalten haben.“

„Ja und?“

„Sie haben ziemlich laut geflüstert. Über deine Eltern ...“

Nun war Jessica doch etwas beunruhigt. Sie hatte bemerkt, daß die Beziehung zwischen Bob und Sheila in der letzten Zeit etwas getrübt gewesen war, hatte dies aber nicht ernst genommen. *Die* doch nicht, hatte sie sich gesagt, die sind doch glücklich.

„Und was ist mit meinen Eltern?“ fragte sie und knabberte an einem Fingernagel, ohne es zu merken.

„Es ging um diesen Jungen aus Frankreich.“

„Was?“

„Der Junge ist von deinem Vater.“

„Red keinen Quatsch“, sagte Jessie voller Angst, womöglich recht gehört zu haben.

„Er ist das Kind von deinem Vater. Dein Vater ist sein Vater“, stieß Davey aufgeregt hervor. „Begriffen?“

„Du bist ein dreckiger Lügner!“

„Nein, ich schwöre dir, es stimmt. Ich hab's doch gehört. Meine Eltern sind total aus dem Häuschen, verstehst du.“

„Davey, du bist ein Mistvieh“, rief Jessie fast weinend.

„Reg dich doch nicht auf, Jess“, bat er. Ihr unerwarteter Ausbruch machte ihm Angst. Er hatte eigentlich so etwas wie Dankbarkeit erwartet. Doch sie drehte sich um und floh.

„Komm zurück“, rief er ihr nach.

Aber sie lief schon den Strand entlang.

„Und wie hat er ausgesehen, Mami?“ fragte Paula, während Sheila ihren Aktenkoffer auspackte und die drei Bücher von Gavin Wilson auf ihren Schreibtisch legte.

„Sehr sympathisch“, sagte sie, „ich hatte ihn mir irgendwie hochnäsig vorgestellt, aber das war er nicht.“

Sie achtete darauf, daß alle Bände nur die Vorderseite zeigten. So konnte Gavins Foto sie nicht ansehen und darin erinnern, was gestern beinahe geschehen wäre.

„Was hattet ihr denn gestern zum Abendessen, Paula?“

„Wir hatten einen Riesenspaß.“

„Und was noch?“

„Papi hat uns zu Pizza eingeladen. Es war prima.“ Dann merkte sie, daß sie taktlos gewesen war, und fügte schnell hinzu: „Natürlich wäre es noch netter gewesen, wenn du mit dabeigewesen wärst, Mami.“

„Danke“, lachte Sheila und küßte sie auf die Stirn. In diesem Augenblick knallte die vordere Haustür zu.

„Mami, wo bist du?“ rief Jessie.

„Hier drin, Jess. Ich bin erst in diesem Augenblick heimgekommen...“

Jessie platzte herein, mit erhitztem Gesicht, schweißüberströmt.

„Aber Liebling, was ist denn?“ fragte Sheila.

„Stimmt das?“ wollte Jessie wissen. Ihre Stimme zitterte.

„Was denn?“

„Das mit Papi? Stimmt das?“

„Ich - ich weiß nicht, Jessie.“ Hoffentlich ist es nicht das, was ich befürchte.

„Dann stimmt es also. Ich seh’ es dir an.“

„Was ist denn überhaupt los?“ fragte Paula, sehr darauf bedacht, von keiner Familienkrise ausgeschlossen zu werden.

Jessie wandte sich an Paula: „Eben hat mir Davey erzählt, daß Jean-Claude der Sohn von Papi ist."

„Spinnst du?"

Paulas Augen waren weit aufgerissen vor Schreck. Sie begriff zwar nicht ganz, was sie da hörte, fühlte aber undeutlich, daß es etwas Furchtbares war.

„Kinder, bitte!" sagte Sheila. Sie wollte jetzt um jeden Preis verhindern, daß alle durchdrehten. „Ich will es euch erklären ..."

Jessies Zorn richtete sich gegen die Mutter.

„Erst gib zu, daß es wahr ist. Sag es mir ins Gesicht, daß Papi wirklich Jean-Claudes ..." Sie brachte das Wort nicht über die Lippen.

„Ja", sagte Sheila beherrscht. „Es ist wahr. Papi ist sein Vater."

Paula brach in Tränen aus.

„Nein", schluchzte sie, „das ist überhaupt nicht wahr. Er ist unser Papi. Er gehört *uns.*"

„Verstehst du nicht, du Kamel?" fuhr Jessie auf die kleine Schwester los. „Er hat ein Verhältnis gehabt mit Jean-Claudes Mutter."

„Was ist das, ein Verhältnis?" fragte Paula. Sie bemühte sich krampfhaft, nicht zu verstehen.

„Er ist mit ihr ins Bett gegangen und hat mit ihr ein Baby gemacht", zischte Jessie.

Paula sah hilfesuchend die Mutter an.

„Geht Papi jetzt von uns weg?" fragte sie, denn das war ihre größte Angst.

Sheila nahm die beiden verstörten Mädelchen in die Arme. „Es wird ja alles wieder gut", murmelte sie und hätte sich damit gern selbst überzeugt.

„Warum hast du bloß erlaubt, daß er herkommt?" schluchzte Jessie, „das ist doch *unser* Haus!"

In diesem Moment fiel wieder die Vordertür zu. Alle drei erstarrten. Ein Buch in der Hand, kam Jean-Claude hereingewandert.

„Guten Abend", sagte er freundlich. Ihn freute es ganz besonders, daß Sheila wieder da war.

„Es ist *unser* Papi", schoß Paula auf ihn los. „Er gehört uns, uns, uns."

Jean-Claude war ganz verwirrt.

„Wie meinst du das, Paula?" fragte er.

„Unser Papi ist dein Vater, und du willst ihn uns wegnehmen!" schrie sie.

„Aber nein ..." widersprach Jean-Claude.

„Wetten, daß deine gottverdammte Mutter gar nicht tot ist?" fauchte Jessica, um ihn zu verletzen, ihn wegzujagen, seine ganze Existenz für ungültig zu erklären.

Dann stürzte sich Paula auf ihn und begann ihn mit Fäusten zu bearbeiten. Er hob nicht einmal die Hand, um die Schläge abzuwehren. Allmählich kam er sich selbst wie ein Verbrecher vor, obwohl er nichts begriff.

„Paula! Hör sofort auf, ihn zu schlagen!"

Sheila trennte hastig die beiden Kinder. Jean-Claude weinte jetzt leise. Kaum waren sie auseinander, sah er sie alle der Reihe nach angstvoll an, dann verschwand er, erst zögernd, dann immer rascher, die Treppe hinauf. Sekunden später hörten sie seine Schlafzimmertür zufallen.

Sheila sah ihre beiden zutiefst verstörten Töchter an. An allem war einzig und allein Bob schuld. Sie waren die unschuldigen Opfer. Seine Untreue hatte ihr Leben für immer entstellt.

Aber ich habe auch etwas falsch gemacht, dachte sie gequält. Ich habe die falsche Entscheidung getroffen. Jetzt erst merke ich, daß ich dabei nur an mich gedacht habe.

In diesem Moment hielt draußen ein Wagen. Bernie brachte Bob nach ihrem Tennismatch nach Hause. Sheila sah ihren Mann herausspringen, dem Freund zuwinken und auf das Haus zukommen.

„Es ist Papi", sagte Sheila.

„Ich sprech' nie mehr im Leben ein Wort mit ihm!" schrie Jessica, drehte sich um und rannte die Treppe hinauf.

„Ich auch nicht", schloß Paula sich an und folgte der Schwester. Sheila blieb allein.

Sie seufzte, als sie ihren Mann mit langen Schritten herankommen sah.

Sie hörte, wie die Tür geöffnet wurde.

„Sheila, Liebling?“

„Ich bin hier, Robert“, sagte sie ruhig. Sie wußte, sie klang wie eine Fremde.

20. Kapitel

Sie saßen sich gegenüber.

„Wie hat sie es herausgekriegt?“ fragte Bob.

„Ich weiß es nicht. Hast du Bernie etwas gesagt?“

Er ließ den Kopf hängen. „Ja.“

„Davey muß die beiden belauscht haben.“

„Was sollen wir tun?“ fragte er.

„Nicht *wir*“, sagte sie sehr bestimmt, „es ist *dein* Problem.“

„Und was erwartest du von mir?“ fragte er. Er wollte nicht verstehen, was sie vollkommen deutlich gemacht hatte.

„Schick ihn nach Hause, Robert“, sagte sie schroff. „Sofort. Heute noch.“

Sie hatte recht.

„Sonst nehme ich die Mädchen und gehe.“

Es war keine Drohung, nur die sachliche Erwähnung der Alternativlösung.

„Okay“, sagte er widerspruchslos. Trotzdem wartete er darauf, daß sie etwas Besänftigendes äußerte. Etwas, womit sie ihm bei der Bewältigung dieser bitteren Entscheidung half. Aber es kam nichts mehr.

Er erhob sich wie vor den Kopf geschlagen, ging ans Telefon und wählte die Nummer des Flughafens.

„Sie hätten noch einen Platz in der Abendmaschine“, meldete er mit zugehaltener Sprechmuschel, „aber die fliegt um sieben.“

„Wenn du dich beeilst, schaffst du es noch“, sagte sie ruhig, ohne ihn anzusehen.

„In Ordnung“, hörte sie ihn sagen. „Auf den Namen Beckwith – Entschuldigung – Guérin. Gut, wir sind eine Stunde vor Abflug da.“ Er hängte ein und trat zu Sheila.

„Ich werde es ihm sagen müssen, meinst du nicht?“

Sie sah auf, schwieg aber.

Er beantwortete seine Frage selbst. „Ja. Ich geh’ jetzt nach oben und helf’ ihm packen.“

Sie schwieg noch immer. Er drehte sich um, ging aus dem Zimmer und die Treppe hinauf.

Er stellte sich so intensiv vor, was er nun würde sagen müssen, daß er das Telefon gar nicht klingeln hörte.

„Hallo, Sheila?“

„Ja, bitte?“

„Hier spricht Gavin Wilson. Störe ich gerade?“

„Ich komme diesen Moment ins Haus - und ... kann ich Sie zurückrufen? Sind Sie in Washington?“

„Nein, das ist es ja eben. Ich mache es ganz kurz. Ich merke, Sie sind beschäftigt. Ich dachte mir, ich könnte Washington noch etwas verschieben, wenn Sie frei wären, das heißt, wenn Sie Lust hätten, sich weiter durch die Korrekturen zu quälen. Selbstverständlich würde ich dazu zu Ihnen kommen.“

„Gavin, ich kann nicht“, sagte sie.

„Sheila“, drängte er, „Sie klingen so bedrückt. Ist auch alles in Ordnung?“

„Gavin, entschuldigen Sie, aber hier ist alles durcheinander. Ich kann jetzt nicht sprechen.“

Sie hängte ein. Für den Bruchteil einer Sekunde hätte sie fast gelacht. Das kann doch nicht wahr sein, dachte sie.

Bob klopfte.

„Jean-Claude? Kann ich reinkommen?“

„Ja“, antwortete er leise. Bob öffnete behutsam die Tür. Der Junge lag auf dem Bett und warf ihm einen scheuen, raschen Blick zu.

„Ich muß mal mit dir reden.“

„Ja.“

Bob war verlegen und fragte sich, was der Junge wohl dachte.

„Darf ich mich setzen?“

Jean-Claude nickte. Wieder warf er Bob einen raschen Blick zu.

Bob suchte sich einen Stuhl, so weit wie möglich vom Bett entfernt.

„Ich kann dir nicht sagen, wie leid mir dieser Auftritt mit Jessie und Paula tut. Davey Ackerman hatte etwas Dummes gesagt, um Ärger zu stiften ..."

Er stockte.

„Jessie würde dir nie mit Absicht weh tun. Das weißt du doch, nicht wahr, Jean-Claude?"

Ohne aufzublicken nickte der Junge kaum merklich.

„Das Ganze tut mir sehr leid", fuhr Bob fort.

Der Junge sah ihn an.

„Möchtest du, daß ich heimfahre?" fragte er.

Seine Feinfühligkeit machte Bob verlegen.

„Na ja, ich glaube - Jean-Claude, vielleicht wäre es das beste für dich."

Wieder verstummte er. Da sagte der Junge:

„Und wann soll ich fahren?"

O Gott, dachte Bob, er macht es einem wirklich leicht.

„Das sehen wir dann", erwiderte er bewußt unbestimmt, damit seine Gefühle nicht mit ihm durchgingen. „Ich helf' dir erst mal packen, damit wir jederzeit starten können."

„Laß nur", sagte Jean-Claude, „ich habe ja nicht viel mit."

„Aber ich kann dir doch helfen", beharrte Bob.

„Nein, das ist nicht nötig. Möchtest du, daß ich mich gleich fertig mache?"

Bob zögerte.

„Ja", sagte er schließlich. „Das würde die Sache erleichtern. Ich meine ... ich komm' dann wieder rauf, ja?"

Er stand auf, ging durch das Zimmer, legte dem Jungen kurz die Hand auf die Schulter und ging hinaus.

Vor Jessicas Zimmertür blieb er kurz stehen und nahm all seinen Mut zusammen. Dann klopfte er.

„Wer ist da?" rief Jessica aggressiv.

„Ich bin's, dein Vater, ich habe mit dir zu reden."

„Ich habe keinen Vater, geh weg."

„Bitte, Jess, mach auf. Ist Paula bei dir?"

„Nein", drang Paulas Stimme durch die Tür. „Ich hasse dich. Ich hasse dich wie nur was!"

„Jess", wandte Bob sich wieder an seine Älteste.

„Ich habe dich doch lieb ..."

„Geh weg und komm nie, nie wieder", sagte sie.

„Ja, geh weg", rief Paula, „und laß Mami und uns *in Ruhe.*"

Schweren Herzens gab sich Bob geschlagen und ging langsam die Treppe hinunter und zurück ins Wohnzimmer.

Sheila saß zusammengekauert im Sessel, die Arme um die Knie geschlungen.

„Er ist bald fertig", sagte Bob leise.

Sie antwortete nicht.

„Er packt selber. Er wollte nicht, daß ich ihm helfe."

Sheila schwieg noch immer. Aber der sehr egoistische Gedanke kam ihr flüchtig: Jetzt brauche ich nie mehr das Bild im Silberrahmen zu sehen.

„Die Mädchen wollen nicht mit mir reden", sagte Bob dann noch. „Verdammter Mist. Es ist ihnen fürchterlich unter die Haut gegangen, was? Was zum Teufel sollen sie jetzt noch glauben? Damit werden sie wohl nie fertig."

Sheila hockte stumm da und rührte sich nicht. Als Bob merkte, daß dies wohl ein Selbstgespräch bleiben würde, bat er seine Frau um einen Gefallen. Ohne Umschweife.

„Könntest du nicht versuchen mit ihnen zu reden, während ich weg bin?"

Sie sah ihn an und fragte nur: „Und was sollte ich ihnen sagen?"

21. Kapitel

Statt die Route 6 quer über das Cape zu nehmen, bog Bob bei Orleans auf die 6 A ab. Die Strecke war länger, aber schöner, dieser „Cranberry Highway“ mit Blick auf das Meer.

Der Junge hatte während der letzten Stunden vor der Abfahrt stoisch geschwiegen. Er hatte seine Sachen gepackt und dann brav in seinem Zimmer gewartet, bis Bob ihn holen kam. Bob hatte die grüne Reisetache getragen, Jean-Claude die Bordtasche. Sie gingen miteinander die Treppe hinunter in die Küche, wo Sheila ihnen, zur Stärkung vor der langen Fahrt zum Flughafen, Kaffee und Käsebrote bereitgestellt hatte.

Die Mädchen blieben hermetisch in Jessies Zimmer eingeschlossen, aber Sheila hatte sich aufgerafft. Schlimmer konnte es jetzt nicht mehr werden. Schließlich lag ja noch ein Rest Sommer vor ihnen, in dem alles sich vielleicht wieder einrenkte. Von morgen ab begann das, was man „den Rest des Lebens“ nannte. Es ist ja so bequem, auf Klischees auszuweichen, wenn die richtigen Worte fehlen. Sie sah zu, wie der Mann und der Junge die Käsebrote aßen, und gebrauchte genau den Gemeinplatz, der hier paßte:

„Es war nett, dich hierzuhaben, Jean-Claude.“

Er hatte gerade den Mund voll. Er schluckte und antwortete höflich: „Vielen Dank, Madame.“

Bob schwieg, isoliert durch seine widerstreitenden Gefühle.

„Es tut Jessie und Paula bestimmt sehr leid, dieses – Mißverständnis.“

Dabei wußten sie alle, daß die beiden nach wie vor dort oben hockten. In den letzten Stunden hatten sie immer wieder unüberhörbare Flüche von sich gegeben. Das Haus war schließlich und endlich aus Holz.

„Bitte sagen Sie ihnen adieu von mir", bat Jean-Claude.

„Ja, selbstverständlich."

Beim Aufbruch streckte Jean-Claude Sheila die Hand hin. Sie nahm sie, beugte sich herab und küßte ihn auf die Wange.

Bob beobachtete sie dabei und dachte zum ersten Mal an diesem Nachmittag einen Gedanken zu Ende: Werde ich das in knapp drei Stunden auf dem Flugplatz ebenso machen?

Sie waren seit einer halben Stunde unterwegs. Bob bemühte sich, Konversation zu machen.

„Ich hab' vergessen, dir noch etwas zu erzählen, als wir vorhin an Orleans vorbeigekommen sind ..."

Er warf einen Seitenblick auf den Jungen, der die Bordtasche auf seinem Schoß umklammert hielt. „Etwas Kurioses", schwatzte Bob wie ein unbeholfener Fremdenführer, „dort hat nämlich mal die erste Telegrafenstation für den Telegrammverkehr mit Frankreich gestanden. Damals gab es noch kein Telefon ..."

„Ach ja?" sagte der Junge verhalten.

Was rede ich bloß zusammen, fragte sich Bob verwundert. Telegramme? Doch, überlegte er dann, so abwegig ist es eigentlich gar nicht. Ich möchte ihm irgendwie andeuten, daß wir Kontakt halten wollen. Daß bereits eine historische Direktverbindung zwischen Cape Cod und Frankreich besteht. Ob er das begriffen hat? Woran denkt er?

Sie fuhren an Sandwich vorbei. Diesmal machte er keine Bemerkung über den ulkigen Namen.

Sie überquerten den Cape-Cod-Kanal, und er sagte kein Wort.

„Du wirst uns fehlen, Jean-Claude", sagte Bob.

Feigling, hast du nicht mal genügend Mumm, in der Einzahl zu sprechen?

Für dich sollst du sprechen, Bob, für dich. Sie kamen gerade an Plymouth vorüber.

„Ich habe dich richtig liebgewonnen." Na endlich! Geschafft! Ich habe ausgesprochen, was ich empfinde. Wenigstens zum Teil.

Lange Zeit antwortete der Junge nicht. Schließlich – sie waren nur noch eine knappe Stunde vom Flughafen Logan entfernt – tat er den Mund auf.

„Ist es wahr, Bob?"

„Was?"

„Bist du wirklich mein Vater?"

Bob sah ihn an. Verdammt, er hat ein Recht, die Wahrheit zu erfahren, dachte er.

„Ja, Jean-Claude, ich bin dein Vater."

Nur zu, Junge, beschimpf mich, ich habe es verdient. Dafür, daß ich es dir nicht schon in der ersten Minute unserer Begegnung gesagt habe, um dir deinen Kummer ein wenig zu erleichtern. Dafür, daß ich es dir auch heute nicht gesagt hätte, wenn du mich nicht dazu gezwungen hättest.

Und weil ich dich ein zweites Mal im Stich lasse, und diesmal absichtlich.

„Das macht mich froh", sagte der kleine Junge. Aber seine Stimme klang traurig.

Bob warf ihm einen fragenden Blick zu.

„Meine Mutter hat mir oft von meinem Vater erzählt – daß er so lieb und gut war. Und so lustig. Und ..."

„Und?"

„Und als ich dich das erste Mal sah, gleich zu Anfang, auf dem Flugplatz, habe ich mir gewünscht, daß mein Vater so gewesen wäre wie du."

Das war meine größte Angst, dachte Bob. Oder war es meine größte Hoffnung? Daß ich meinem Sohn begegne und er mich gern hat. Nein, mich liebt, so wie ich bin, so unvollkommen, wie ich bin.

Er streckte die Hand zu dem Jungen hinüber. Jean-Claude ergriff sie mit beiden Händen und hielt sie fest. Ganz fest.

Bob brachte es nicht über sich, ihn anzusehen. Er blickte starr geradeaus und redete sich ein, als verantwortungsbewußter Fahrer sei das seine Pflicht.

Noch immer hielt der Junge seine Hand fest.

Und Bob sagte sich: Ich kann ihn nicht abreisen lassen. *Ich kann ihn nicht hergeben.*

22. Kapitel

Für Jessica und Paula war die Kindheit mit einem Schlag zu Ende. Sheila, die auf der obersten Treppenstufe stehengeblieben war, konnte die beiden reden hören.

„Der kommt nie wieder hierher", sagte Paula trotzig, „nie, nie wieder."

Jessie klang sonderbar gleichgültig. „Eigentlich ist das ja Mamis Sache", sagte sie.

Dann war es still. Paula schien nachzudenken.

„Wie kann sie überhaupt noch mit ihm reden nach dem, was er getan hat?" fragte sie.

„Keine Ahnung", entgegnete Jessie. „Wenn sie sich bloß nicht im Ernst - na ja, du verstehst schon - trennen. Kinder aus geschiedenen Ehen bekommen immer irgendeinen Knacks."

Wieder entstand eine Pause, während der Paula versuchte, sich in die Wirklichkeit der Erwachsenen hineinzudenken.

„Jessie, ich hab' solche Angst. Alles ist jetzt so anders."

„Mach dir nichts draus. Ich kümmere mich schon um dich."

Wieder eine Pause.

„Und wer kümmert sich um Mami?"

Sheila klopfte und öffnete die Tür. Jessie hatte die Arme um Paula gelegt. Beide schienen erleichtert, sie zu sehen. Sie setzte sich aufs Bett.

„Na, das war ja vielleicht ein Tag heute, was?"

„Was wird jetzt werden, Mami?" fragte Paula angstvoll.

„Papi wird bald zurück sein", erwiderte sie. „Und dann wollen wir sehen, wie wir alles wieder hinkriegen."

„Und werden wir dann wieder glücklich?" fragte Paula. Ihr erschien jetzt nichts mehr sicher.

„Natürlich. Sieh mal, was beim Erwachsenwerden am meisten weh tut, ist die Erkenntnis, daß kein Mensch vollkommen ist. Nicht einmal die eigenen Eltern.“

„Doch, du schon“, sagte Paula.

„Nein, niemand“, beharrte Sheila.

Jessie sah ihrer Mutter sehr aufmerksam in die Augen. „Du liebst Papi immer noch, nicht?“

Sheila nickte. „Jess, wir sind fast zwanzig Jahre lang miteinander glücklich gewesen. Glücklicher als die meisten anderen Leute.“ Dann entschlüpfte es ihr doch: „Beinahe vollkommen glücklich.“

„Mein Gott, Mami“, sagte Jessie gequält, „das Leben ist richtig beschissen.“

Sekundenlang überdachte Sheila diese Feststellung.

„Ja, Liebes“, bestätigte sie dann. „Manchmal schon.“

Da läutete es an der Haustür. Ob das schon Bob war? Die Mädchen waren auf ein Wiedersehen mit ihm ganz sicher noch nicht vorbereitet. Sie wußte nicht einmal, ob sie selbst schon soweit war.

„Ich geh’ runter“, sagte sie.

Er bemüht sich, Rücksicht zu nehmen, dachte sie, während sie die Treppe hinunterstieg. Er platzt nicht einfach herein, sondern läutet, damit wir vorgewarnt sind.

Sie öffnete die Tür.

Draußen stand Gavin Wilson. Sie war sprachlos.

„Entschuldigen Sie den Überfall, Sheila“, sagte er und sah ganz verlegen aus, „aber Sie klangen am Telefon so merkwürdig. Da habe ich mir ein bißchen Sorgen gemacht. Ist auch bestimmt alles in Ordnung?“

„Aber ja. Nur als Sie anriefen, waren die Kinder gerade ...“ Sie suchte nach einer plausiblen Entschuldigung.

„So. Aha“, sagte er, noch ehe ihr etwas eingefallen war. Beide waren etwas befangen, als sie da auf der Veranda standen und nicht wußten, was sie sagen sollten.

„Müßten Sie nicht schon in Washington sein?“ fragte sie und dachte, ich seh’ bestimmt ganz schön mitgenommen aus.

„Die werden auch noch einen Tag länger ohne mich auskommen."

Soso.

„Möchten Sie nicht hereinkommen?" fragte sie.

Doch Gavin spürte, daß es ihr eigentlich nicht recht war.

„Ich fürchte, es war etwas voreilig von mir, so einfach herzukommen. Aber ich bin doch froh, daß alles in Ordnung ist. Hören Sie, ich habe mich im *The Inn* einquartiert. Wenn ich irgendwie helfen kann, rufen Sie mich dort an. Aber Sie müssen nicht - verstehen Sie."

Gavin, halt den Mund, dein Topf kocht schon wieder über.

„Das ist nett von Ihnen", sagte Sheila und fügte vage hinzu: „Mein Mann wird bald zurück sein, er mußte zum Flugplatz."

„Ah", sagte Gavin, „etwas Unvorhergesehenes?"

„So könnte man sagen."

„Ah", machte Gavin wieder.

Worauf Sheila entgegnete: „Ich finde es rührend, daß Sie sich meinetwegen Gedanken machen."

„Also gut, Sie wissen ja nun, wo Sie mich erreichen können", erwiderte er verlegen, drehte sich um und wollte zu seinem Leihwagen zurück.

„Gavin!" rief Sheila. Er war noch keine drei Meter gegangen.

„Ja?"

„Möchten Sie nicht heute abend auf einen Drink zu uns kommen, sagen wir - so um halb zehn?"

„Das wäre reizend. Soll ich sicherheitshalber vorher noch mal anrufen?"

„Nein, nein, kommen Sie einfach vorbei. Bob wird sich freuen, Sie kennenzulernen."

„Fein. Also bis dann." Er machte eine grüßende Handbewegung, wandte sich um und ging zu seinem Wagen.

Wie liebenswürdig er ist, dachte Sheila. Er hat sich soviel Mühe gemacht. Und alles meinetwegen.

Sheila und die Mädchen aßen zu Abend, als das Telefon läutete.

„Sheila?“

„Ja, Bob? Ist alles in Ordnung?“

„Tja, ja und nein. Wir sind in einem unbeschreiblichen Stau steckengeblieben und noch immer nicht in Logan. Die Maschine ist inzwischen weg.“

„Ach du lieber Gott.“

„Paß auf“, sagte er, „das Vernünftigste wäre, wir übernachten in Lexington, damit er morgen fliegen kann. Was meinst du?“

Nach kurzem Zögern sagte sie: „Ja, vernünftig fände ich es schon.“

„Wie geht es den Mädchen?“

„Sie haben sich etwas beruhigt.“

„Ich würde ihnen gern was sagen. Glaubst du, daß sie mit mir reden?“

„Nein, ich glaube nicht.“

In diesem Moment schaltete sich eine näselnde Stimme ein. „Bitte werfen Sie weitere vierzig Cents ein. Sie können dann noch drei Minuten sprechen.“

„Okay, hör zu, Sheila“, sagte Bob hastig. „Ich ruf' wieder an, wenn ich in Lexington bin.“

„Ist gut.“

„Ich liebe dich“, sagte er noch schnell, dann wurde das Gespräch unterbrochen. Er hoffte, daß sie es gehört hatte. Er hatte, ehe er anrief, eine ganze Weile geprobt.

Dann hängte er auf und ging zurück in den Speisesaal des Wellesley Howard Johnson an der Route 128.

Jean-Claude saß in einer Ecknische und stocherte in seinen gebackenen Muscheln herum („Heute von allen Fischgerichten soviel Sie wollen ohne Aufpreis“). Bob setzte sich ihm gegenüber.

„Würdest du gern noch einen Tag länger bleiben?“ fragte er. „Wir könnten in unserem Haus in Lexington übernachten. Was meinst du dazu?“

„O ja“, sagte der Junge.

23. Kapitel

Ausnahmsweise hatte man den Mädchen nicht zureden müssen, schlafen zu gehen. Sie hatten die Nachricht von Bobs Ausbleiben mit scheinbarem Gleichmut hingenommen – vielleicht waren sie auch einfach erschöpft von all der Aufregung.

Sheila aber konnte nicht umhin, sich gekränkt zu fühlen. Schon beim Telefonat mit der Fluggesellschaft hatte Bob sichtlich nach Ausreden gesucht, um einen Aufschub zu erreichen. Möglicherweise hatte er die Maschine auch absichtlich verpaßt. Um einen weiteren Tag mit seinem Sohn herauszuschlagen.

Sie nahm ihm auch übel, daß er sie mit den Mädchen alleingelassen und wie gewöhnlich für selbstverständlich gehalten hatte, daß sie schon irgendwie zurechtkommen würde. Nicht einmal entschuldigt hatte er sich, daß er die Nacht wegblieb. Zählen wir denn gar nicht mehr? Sind wir plötzlich nicht mehr wichtig?

Gavin Wilson kam pünktlich um halb zehn. Er kam ihr irgendwie verändert vor. Dann merkte sie, warum: Er trug Jacke und Schlips.

„Hallo, Sheila." Sein Tonfall paßte zu seinem feierlichen Aufzug.

„Kommen Sie herein", sagte sie, „was darf ich Ihnen zu trinken anbieten?"

„Scotch und Wasser bitte, wenn es keine Umstände macht." Er folgte ihr ins Haus.

„Mit Eis?"

„Ja, bitte. Ich bin durch und durch Amerikaner geworden."

An der Schwelle des Wohnzimmers sah er sich befangen um, als suche er jemand.

„Bob mußte in Boston bleiben", sagte Sheila und gab sich große Mühe, es so beiläufig wie möglich zu äußern.

„Oh. Was Unangenehmes?"

„Nein, überhaupt nicht. Es ist nur in letzter Minute etwas dazwischengekommen."

„Ach so."

„Setzen Sie sich doch, Gavin. Ich hole uns was zu trinken."

Als sie die Kühlschranktür öffnete, überkam es sie ganz plötzlich. Der Druck, sich ständig zusammennehmen zu müssen, war auf einmal zu groß. Sie schlug die Tür zu, lehnte sich an den Kühlschrank und fing an zu weinen. Leise und gleichmäßig.

Wie gut das tat. Jetzt erst merkte sie, wie gern sie sich hätte gehen lassen. Und seit wie langer Zeit.

Plötzlich fühlte sie zwei Arme um sich.

Gavin war, ohne daß sie es hörte, in die Küche gekommen.

Ohne sie loszulassen, sagte er leise: „Sheila, wollen Sie mir nicht endlich sagen, was los ist?"

Von ihren Gefühlen hin- und hergerissen, war sie nicht imstande, sich zu rühren.

„Aber ich kenne Sie doch gar nicht", sagte sie, ohne sich umzudrehen.

„Zu Ihrer Beruhigung: Ich bin vom FBI auf Herz und Nieren geprüft worden", sagte er leise. „Das bedeutet, daß man mir jedes Staatsgeheimnis anvertrauen kann."

Nun mußte sie doch lachen. Er hielt sie noch immer umfaßt. Sie hatte sich weder umgedreht noch versucht, sich freizumachen. Seine Stimme schwankte leicht, als er sagte:

„Außerdem bin ich drauf und dran, mich in Sie zu verlieben – falls Sie nichts dagegen haben."

Sie blieb stumm.

„Bitte, Sheila, sagen Sie etwas. Das auszusprechen hat mich viel Mut gekostet."

„Seien Sie nicht töricht, Gavin", sagte sie. Noch immer ließ er sie nicht los.

„Ich weiß, Sie haben allen Grund, mir nicht zu glauben. Wir haben uns eben erst kennengelernt. Und neulich im Restaurant habe ich mich benommen wie der Elefant im Porzellanladen. Sie können sich nicht vorstellen, wie leid es mir tut. Ich war so wütend über mich selber, daß ich anschließend fast zwei Stunden am Charles auf und ab gerannt bin. Ich muß sehr zerknirscht ausgesehen haben - sogar die Ganoven haben mich in Ruhe gelassen."

Ob er damit ausdrücken will, daß er sich wirklich was aus mir macht?

„Ich war verdammt blöd, nicht zu merken, daß Sie Kummer haben."

„Schon gut", sagte sie. Es war nur eine Bestätigung ihres Gefühls, keine präzise Antwort auf seine Beteuerungen.

„Aber eigentlich bin ich nicht hergefahren, um mich zu entschuldigen, sondern um Sie ein klein wenig zu trösten. Fühlen Sie sich etwas besser?"

„Ja."

„Gut. Dann setzen Sie sich jetzt ins Wohnzimmer, und ich mache unsere Drinks. Vielleicht können wir dann über das reden, was Ihnen zu schaffen macht. Wollen Sie auch einen Scotch?"

Sie nickte.

„Dann ab mit Ihnen!"

Er reichte ihr ein Glas und setzte sich ihr gegenüber.

„Also?"

„Was - also?"

„Haben Sie verstanden, was ich vorhin gesagt habe?" Sie nickte.

„Und ...?"

Sie sah in ihr Glas und dann wieder auf ihn.

„Gavin, ich mache mir nichts vor. Sie sind - wie soll ich mich ausdrücken - eine Art intellektueller Star. Ich dagegen ..."

„Bitte hören Sie auf, Sheila. Sie sind nicht nur klug und schön, sondern auch ungewöhnlich sensibel und außerdem - wenn mich mein Instinkt nicht täuscht - genau wie ich Mitglied der BGS."

„Was ist BGS?"

„Bruderschaft geknickter Seelen. Eigentlich bin ich der Begründer dieser Sekte."

„So geknickt kommen Sie mir gar nicht vor.“

„Ich habe nur mit der Zeit gelernt, es zu verstecken. Ein bißchen Zynismus hilft dabei sehr.“

Er stockte. „Neulich beim Dinner habe ich Ihnen nicht die ganze Wahrheit gesagt. Als ich England verließ und meine Frau nicht mitkommen wollte, war es nicht nur Oxford, was sie vorzog, sondern ein ganz bestimmter Professor aus Oxford. Ein sehr netter Professor der Philosophie. Sie sehen, ein Star zu sein, wie Sie es so schmeichelhaft nennen, ist kein Ausgleich dafür, daß die eigene Frau völlig anderer Meinung ist!“

Jetzt sah man seinen Augen an, daß diese Erinnerungen ihn unglücklich machten.

„Das tut mir leid“, sagte sie. „Dazu kann ich nur sagen, das Gefühl ist mir nicht unbekannt. Wie sind Sie damit fertig geworden?“

„Überhaupt nicht. Ich fürchte, das wird mir nie ganz gelingen. Aber die Zeit heilt. Man lernt allmählich wieder hoffen und dann sogar glauben, daß man vielleicht doch jemandem begegnen wird, dem man vertrauen kann …“

Er sah sie an.

„Mir ist ganz schwindlig“, sagte Sheila. „Es war zuviel auf einmal, wissen Sie.“

Er atmete tief und fragte behutsam: „Gibt es im Leben Ihres Mannes eine andere Frau, Sheila?“

Es verschlug ihr die Sprache.

„Ich verstehe“, sagte er. „Sie können noch nicht darüber reden. Verzeihen Sie, daß ich davon angefangen habe.“

Irgend etwas mußte sie sagen.

„Gavin, es ist anders, als es aussieht. Ich meine …“ Sie fand nicht die rechten Worte und schüttelte den Kopf. „Ich meine – selbst wenn ich es versuchte, ich könnte es nicht erklären.“

„Sheila, ich nehme die Frage zurück. Verzeihen Sie. Es geht mich ja wirklich verdammt wenig an.“

Sie konnte nicht einmal danke sagen.

„Wir sprechen ein andermal darüber“, fügte er hinzu, „wenn Sie es können. Oder wollen.“

Er stand auf.

„Ich sollte jetzt wirklich gehen ...“

Sie wollte widersprechen, aber er sagte:

„Nein, nein, es ist besser für uns beide.“

Sie suchte wieder nach Worten, brachte aber schließlich nur heraus: „Danke, Gavin.“

Er riß eine Seite aus seinem Adreßbuch und kritzelte etwas drauf.

„Hier ist meine Privatnummer in Washington und die Nummer meines Apparats im Weißen Haus. Im übrigen warne ich Sie: Wenn ich bis Ende der Woche nichts von Ihnen gehört habe, rufe ich an. Ich muß wissen, ob bei Ihnen alles in Ordnung ist.“

Sie dachte: Soll ich ihn bitten zu bleiben?

„Ich bin voraussichtlich Anfang September eine Woche in Cambridge. Aber bis dahin rufen Sie mich an, das müssen Sie mir versprechen. Und wenn wir nur über das Wetter reden. Ich will Ihre Stimme hören. Versprechen Sie mir das?“

„Ich verspreche es.“

„Mami, ich kann nicht schlafen.“

Es war Paula, die im Schlafanzug dastand.

„Liebling, ich komm’ sofort nach oben“, antwortete Sheila.

Dann stellte sie den Besucher vor. „Gavin, das ist meine Tochter Paula. Paula, das ist Dr. Wilson aus Washington.“

„Der die Bücher geschrieben hat und nicht so eingebildet ist, wie du gedacht hast?“ fragte Paula.

„Ja, genau der“, lächelte Sheila. Gavin lachte.

„Guten Tag, Dr. Wilson“, sagte Paula.

„How do you do“, sagte Gavin.

„Ich sollte längst schlafen“, informierte sie ihn.

„Dann mußt du schnell wieder ins Bett.“

„Dr. Wilson hat ganz recht“, sagte Sheila.

„Kommst du mich zudecken, Mami?“ fragte Paula.

„Natürlich.“

„Fein. Ich warte auf dich. Gute Nacht, Dr. Wilson.“ Weg war sie, um sich auf Sheilas Kommen vorzubereiten.

„Ein reizendes Kind“, sagte Gavin. „Sind Sie ganz sicher, daß ich Sie jetzt allein lassen kann?“

„Ja“, antwortete sie.

Sie begleitete ihn zur Tür. Er blieb stehen und sah auf sie nieder.

„Ich würde Sie sehr gern küssen, aber es ist nicht der rechte Moment. Gute Nacht, Sheila. Hoffentlich vergessen Sie nichts von dem, was ich gesagt habe.“ Er strich ihr zart über die Wange.

Dann ging er hinaus in die Dunkelheit.

Sheila sah seinem Wagen nach und dachte: Was wäre wohl passiert, wenn er mich geküßt hätte?

24. Kapitel

Bob erwachte allmählich vom Geräusch des Regens. Zuerst hatte er den Eindruck, draußen sei Winter. Und als er das Fenster schloß, verstärkte sich dieser Eindruck noch. Das Außenthermometer zeigte nur knapp 15 Grad. Ein Wintertag am 4. Juli. Eine statistische Unmöglichkeit - außer in Boston.

Er tappte den Korridor entlang und spähte in Jessies Zimmer, in dem er Jean-Claude zu Bett gebracht hatte. Der Junge schlief noch fest. Die Erlebnisse des gestrigen Tages hatten ihn sichtlich angestrengt. Mein Gott, dachte Bob und betrachtete sein Gesicht, das ganz entspannt wirkte - was mache ich bloß?

Als Jean-Claude aufgewacht war, frühstückten sie miteinander. Es sah nicht danach aus, als ließe der prasselnde Regen so bald nach, deshalb gab Bob den Plan auf, dem Jungen die Sehenswürdigkeiten von Lexington und Concord vorzuführen. Statt dessen fuhr er nach Cambridge und parkte vor dem M.I.T.

„Siehst du das Gebäude da, da drin halte ich meine Vorlesungen", sagte er, während sie nebeneinander durch die Pfützen zum Eingang patschten.

Ihre Schritte hallten auf dem Korridor, als sie zu Bobs Büro gingen.

Bob schloß die Tür auf. Drinnen roch es muffig.

„Machst du hier deine Mathematikaufgaben?" fragte der Junge und musterte die Wände voller Bücher.

„Ein paar davon", sagte Bob schmunzelnd.

„Darf ich mich mal an deinen Schreibtisch setzen?"

„Aber ja."

Der Junge ließ sich in Bobs Sessel fallen und fing an, sich in ihm hin- und herzudrehen.

„Ich bin Professor Beckwith“, verkündete er mit einer Stimme, die zwischen Sopran und Bariton lag. „Sie wollten mich nach einigen statistischen Daten fragen, Sir?“

„Jawohl“, erwiderte Bob. „Wie stehen die Chancen, Herr Professor, daß der dämliche Regen noch heute aufhört?“

„Hm“, machte Jean-Claude und überlegte ernsthaft. „Sie müßten mich in dieser Sache morgen noch einmal aufsuchen.“ Er kicherte, freute sich über seinen Witz und darüber, daß er im Ledersessel seines Vaters sitzen durfte.

Bob setzte sich Jean-Claude gegenüber, wo sonst seine Studenten saßen, und lächelte ihm zu. Jean-Claude wirkte winzig hinter dem heute ungewohnt leeren Schreibtisch. Bob hatte, als er im Juni auf Urlaub ging, alles weggeschlossen. Nur ein Foto von Sheila und den Mädchen stand neben dem Telefon.

„Hier gefällt es mir“, sagte Jean-Claude, „man kann alle Segelboote auf dem Fluß sehen. Sieh mal - ein paar sind sogar jetzt bei dem Regen draußen.“

Gewöhnlich war Bob so in seine Arbeit vertieft, daß er selten aus dem Fenster sah. Aber der Junge hatte recht, die Aussicht war herrlich.

Inzwischen war es fast drei Uhr nachmittags geworden.

„Ich habe eine Idee“, sagte Bob. „Wenn es dir nichts ausmacht, ein Stück zu laufen, könnten wir ins Wissenschaftsmuseum gehen. Ich glaube, das würde dir gefallen.“

„Okay.“

Bob fand einen alten Regenschirm, der noch einigermaßen funktionierte, und gemeinsam trotzten sie den Elementen, überquerten Memorial Drive und wanderten am Fluß entlang zum Science Park.

Wie Bob erwartet hatte, war das Museum gesteckt voll, des schlechten Wetters wegen. Jean-Claude war wie hypnotisiert vom Blick der Eule Spooky, der geflügelten Hausherrin dieser Räume. Bob kaufte ihm ein T-shirt mit ihrem Abbild. Er zog es sofort an.

„Über all das andere Zeug?“

„Ja.“

„Warum?"

„Warum nicht?"

Sie mußten warten, bis Jean-Claude an der Reihe war, die Mondoberfläche zu erforschen und in die Apollokapsel zu klettern. Er winkte Bob zu, der ja nun viele hunderttausend Meilen entfernt war.

„*Salut* vom Mond!"

Bob lächelte. Er streckte die Hand aus, um Jean-Claude beim Aussteigen zu helfen, und der Junge ließ sie nicht mehr los. Sie gingen hinauf in den zweiten Stock, kauften sich jeder ein Eis und verwickelten die durchsichtige Frau aus Plexiglas in ein Gespräch. Bob war überrascht, wieviel der Junge schon von Anatomie wußte.

„Willst du Arzt werden, wenn du groß bist?" fragte er.

„Vielleicht. Vielleicht auch Professor."

Eine Männerstimme unterbrach rücksichtslos ihre Zukunftspläne. „Sagen Sie mal, wie schaffen *Sie's* denn?"

Bob drehte sich um. Die Stimme gehörte zu einem Mann mittleren Alters mit Sohn und Tochter im Schlepptau.

„Zum Kotzen, diese Tage, an denen man die Kinder hat, stimmt's?" fuhr er fort. „Wenn's wenigstens nicht regnete, dann könnte man mit ihnen zur Parade oder ins Stadion. Ich möchte wetten, denen hängt dieses Museum genauso zum Hals raus wie mir."

Bob ermutigte den Schwätzer mit keinem Wort zur Fortsetzung des Gesprächs, aber gerade sein Schweigen schien diesen zu beflügeln.

„Vorige Woche war meine Geschiedene schon mit ihnen hier, ist so was zu fassen? Das letzte Hemd hat sie mir ausgezogen, und jetzt nimmt sie mir auch noch die Chance, den Gören was zu bieten. Übrigens: Mein Name ist Phil Harlan. Wollen wir uns nicht zusammentun?"

Bob sah sich erst Harlan an und dann Harlans Kinder. Sie wirkten genauso bemitleidenswert wie ihr Vater. Bob mußte an seine Töchter denken. So weit wird es mit mir nicht kommen, sagte er sich. Harlan verursachte ihm eine Gänsehaut.

„Bedaure, wir haben schon etwas anderes vor", sagte er kühl und ging mit Jean-Claude weiter.

„Na, dann vielleicht ein andermal, an einem Sonnabend im Herbst?" Harlan war nicht kleinzukriegen.

„Ja, vielleicht", murmelte Bob, ohne sich umzudrehen.

Am Verkaufstisch bat Jean-Claude, Bob möge ihm eine Postkarte von der Mondoberfläche kaufen. Er wollte sie seinem Freund Maurice in Montpellier schicken. Bob schrieb gehorsam, was ihm diktiert wurde.

Tu vois, Maurice, moi aussi je peux voler.

Ton ami

Jean-Claude

Diese Formulierung wunderte Bob.

„Was meinst du damit: *Ich kann auch fliegen?*"

„Maurice hat gesagt, er baut sich im Keller ein Raumschiff. Er wollte damit nach Sète fliegen und mich besuchen, aber seine Mutter ist dahintergekommen, deshalb konnte er dann nicht."

„Aha." Bob verbiß sich das Lachen.

„Aber ich hab' ihm versprochen, niemand was zu sagen."

„Ich sag' es bestimmt niemandem", sagte Bob, sehr froh, vertrauenswert zu sein.

Bob kaufte sich eine Zeitung. Aber nicht um nochmals die abgehenden Flüge zu kontrollieren - er wußte, die Maschinen starteten jeden Abend um sieben -, sondern um etwas zu finden, das er mit dem Jungen unternehmen könnte.

„Hör mal", sagte er, „heute abend soll ein großes Konzert im Freien stattfinden, drüben auf der anderen Flußseite. Ob es wohl abgesagt ist wegen des Wetters?"

Die freundliche Dame am Verkaufstisch hörte die Frage und konnte sie beantworten: „Dieses Konzert nicht, Sir. Es ist das Jubiläumskonzert von Mr. Fiedler mit den Pops."

„Vielen Dank, Madam", sagte Bob, und zu Jean-Claude gewandt: „Wir werden vielleicht ein bißchen naß, aber es könnte ganz lustig sein."

„Ist es Jazz?"

„Nein, Jazz ist es nicht. Macht dir das was aus?"

„Nein", sagte der Junge.

25. Kapitel

Sie gingen zu Fuß am Fluß entlang zu Bobs Wagen zurück, und er holte eine uralte Decke aus dem Kofferraum. Sie machten einen Umweg, um sich „Submarine-Sandwichs“ zu kaufen, überquerten die Harvard Bridge und schlenderten zur Esplanade, dem grünen Rasen rund um die Hatch Shell, dem überdachten Orchesterhalbrund, das die Musiker gegen Regen schützte.

Trotz des schlechten Wetters kampierten ein paar tausend Unentwegte auf dem Rasen, hatten improvisierte Zelte, Tipis und dergleichen errichtet. Bob und Jean-Claude breiteten ihre Decke möglichst nah dem Orchesterpavillon auf dem Gras aus.

„Wenn wir schon einen nassen Hintern kriegen, wollen wir wenigstens gut sehen“, sagte Bob und reichte Jean-Claude ein Sandwich von gigantischen Ausmaßen.

„Muß ich?“ fragte der Junge. „Ich hab’ ein bißchen Bauchweh.“

„Zwing dich nicht“, beruhigte ihn Bob, in der Annahme, der Junge sei zu aufgeregt, „iß nur, soviel du magst.“

„Okay“, seufzte Jean-Claude und begann lustlos daran zu knabbern.

Etwa eine Stunde später übertönte ein Beifallssturm den Nieselregen. Der altehrwürdige Dirigent schritt auf das Podium zu. Die Menge erhob sich und brüllte: „Wir lieben dich, Arthur.“

„Der Mann mit den weißen Haaren ist eine Berühmtheit“, erklärte Bob Jean-Claude. „Für seine Fans ist er noch wichtiger als die Musik.“

„Er sieht aus wie *Père Noel.*“

„Da hast du recht. Aber er sieht nicht bloß aus wie der Weihnachtsmann, er hat überhaupt so etwas Väterliches. Vielleicht ist er deswegen so beliebt.“

Komisch, dachte Bob überrascht, ich habe mir Fiedler noch nie aus der Nähe angesehen, aber er erinnert mich wirklich irgendwie an Dad.

Ihm fielen die vielen schönen Ausflüge ein, die er mit dem Vater unternommen hatte. The Phillies games. Die Samstagsmatineen mit Ormandy und dem Philadelphia Orchestra. Das Zelten in den Poconos. Nur sie beide. Plötzlich vermißte er seinen Vater schmerzlich.

Fiedler hob den Stab, und das Konzert begann mit „When Johnny Comes Marching Home".

Während der folgenden halben Stunde wurde der Regen immer stärker.

„Ich finde, wir sollten gehen", sagte Bob.

„Ach, nein", bettelte der Junge.

„Meinetwegen", sagte Bob nicht gerade begeistert. Er warf einen Blick auf die Uhr. Halb neun. Die Maschine nach Paris war bereits in der Luft.

Das Finale war die „Ouvertüre 1812" samt Glockenläuten und Kanonenschlägen aus einer kleinen Haubitze. Jean-Claude geriet ganz aus dem Häuschen, besonders als er die Melodie erkannte, die das Blech gegen die schwirrenden Streicher anschmetterte.

„Das ist ja die *Marseillaise!*" rief er und sprang auf.

„Ja", sagte Bob, „als Überraschung für dich."

Der Junge war auch weiterhin ganz außer sich, klatschte noch vor Schluß des Stückes, ja, er applaudierte noch, als das Orchester bereits zu *Stars and Stripes forever* übergeleitet hatte. Jetzt erhob sich das durchnäßte Publikum wie ein Mann, sang, schrie und marschierte auf der Stelle. Es war ein herrlicher Tumult.

Am Himmel explodierten plötzlich rote, weiße, grüne, gelbe und blaue Lichter.

„Regarde, papa", rief der Junge, *„les feux d'artifice!"*

Bob hob ihn hoch und setzte ihn sich auf die Schultern, damit er das prächtige Feuerwerk besser sah. Dabei entging ihm nicht, daß der Junge sich trotz der Abendkühle merkwürdig warm anfühlte. Zu warm.

„Komm, Jean-Claude, jetzt gehen wir zum Wagen."

Bis zur Brücke trug Bob den Jungen noch, dessen Blick wie gebannt an den bunten, zerspringenden Raketen hing.

Als sie beim Parkplatz des M. I. T. ankamen, hatte Jean-Claude angefangen zu zittern. Bob legte ihm die Hand auf die Stirn. Sie war sehr heiß.

„Wir gehen erst mal rauf in mein Büro und ziehen dir was Trockenes an", sagte er.

„Okay", sagte der Junge. Es klang fast zu brav.

Bob nahm die grüne Reisetasche aus dem Kofferraum, und beide liefen zum Eingang hinüber. Oben angekommen, rieb er Jean-Claude mit Papierhandtüchern aus der Herrentoilette trokken. Plötzlich kam ihm der Junge so klein und schmächtig vor, er schien nur aus knochigen Schultern und mageren Beinen zu bestehen und war glühend heiß am ganzen Körper.

„Soll ich dir einen Tee aus dem Automaten holen?" fragte Bob.

„Nein, ich möchte nichts", antwortete Jean-Claude.

Verdammt, dachte Bob, erst hab' ich ihm irgendwas Verkehrtes zu essen gegeben, und jetzt hat er sich auch noch eine fiebrige Erkältung geholt. Ein großartiger Vater bin ich. Dann wurde ihm klar: Ich kann ihn nicht wieder nach Lexington bringen. Ich habe keine Ahnung, wie man mit einem kranken Kind umgeht. Er legte dem Jungen seine Windjacke um und wählte Sheilas Nummer am Cape, solange er noch den Mut dazu hatte.

„Bob, von wo sprichst du? Hier gießt es wie aus Kannen!"

„Hier auch", sagte er, „und es ist dicker Nebel. Bei dem Wetter konnte ich ihn nicht abfliegen lassen."

„Aha", sagte sie. Und dann: „Das war sicher vernünftig."

Schweigen.

„Hör mal, Sheila, er ist naß bis auf die Haut, ich glaube, er hat auch Fieber. Ich könnte ihn natürlich ins Allgemeine Krankenhaus bringen - aber..."

„Ja, ist er denn so krank?"

„Nein. Das heißt, ich weiß es nicht. Sag mal, könnte ich ihn - nur für heute - wieder mitbringen?"

Wieder eine Pause.

„Die Mädchen sind noch sehr durcheinander, Bob. Daß sie bei diesem Wetter nicht hinauskonnten, hat die Lage natürlich nicht gebessert.“ Sie seufzte. „Aber ich finde es nicht richtig, daß du noch länger wegbleibst. Es sieht allmählich aus, als hättest du mich verlassen.“

Bob fiel ein Stein vom Herzen.

„Ja. Es ist ja nur für einen Tag oder so. Ich – ich kann doch ein krankes Kind nicht abreisen lassen, findest du nicht auch?“

Sie schien unschlüssig. Er wartete beklommen.

„Ich finde, du darfst nicht länger wegbleiben“, wiederholte sie. Sie umging das akute Problem und redete von einem anderen, das ihr näherlag: ihrer Ehe.

26. Kapitel

Die Straße war rutschig und dunkel. Bob fuhr zu schnell. Dem Jungen ging es sichtlich von Minute zu Minute schlechter. Er saß ganz still da, hielt sich den Bauch und stöhnte hin und wieder leise.

„Soll ich das Radio anmachen?“ fragte Bob.

„Okay…“

Er stellte es an und hoffte inständig, daß die Musik irgendwie schmerzstillend auf das Kind wirken würde.

Kein Mensch war unterwegs. Das Unwetter schien selbst die Straßenpolizei abzuschrecken. In Rekordzeit war er am Cape-Cod-Kanal. Und fuhr auch mit Höchstgeschwindigkeit auf der Route 6 weiter.

Je mehr sie sich ihrem Haus näherten, desto mehr schien der Himmel seine Schleusen zu öffnen.

Beim Einbiegen in die Pilgrim Spring Road kam der Wagen ins Schleudern. Zum Glück geriet er sofort in dicken Schlick, und Bob bekam ihn wieder unter Kontrolle.

Er warf einen Seitenblick auf den Jungen. Jean-Claude hatte von dem Beinaheunfall nichts gemerkt. Er war zu sehr auf seine Bauchschmerzen konzentriert.

Vor dem Haus bremste Bob scharf. Der Regen trommelte gegen die Windschutzscheibe. Er seufzte vor Erleichterung tief auf. Geschafft! Und nichts passiert.

Er sah zu dem Jungen hinüber. Er hatte die Augen geschlossen, sein Kopf lehnte gegen die Tür.

„Wir sind da, Jean-Claude“, flüsterte er und strich ihm übers Haar, „jetzt wird alles gut.“

Der Junge reagierte nicht.

„Bist du okay?“ fragte Bob.

Der Junge nickte.

„Meinst du, daß du gehen kannst, oder soll ich dich lieber tragen?"

„Ich kann gehen", sagte er langsam.

„Gut. Dann zähle ich jetzt, und bei ‚drei' steigen wir aus, jeder auf seiner Seite, und laufen ins Haus, ja?"

„Ja."

Bob zählte und stürzte sich dann hinaus in den Wolkenbruch. Er blickte kurz auf die Beifahrerseite, sah Jean-Claudes Tür sich öffnen und rannte zu der überdachten Veranda.

Sheila erwartete ihn im Wohnzimmer - allein. Obwohl es kaum mehr als vierundzwanzig Stunden her war, seit sie sich zuletzt gesehen hatten, waren sie so verlegen, als seien Jahre vergangen. Da stand ihr Ehemann, patschnaß und reumütig.

„Bei dir alles in Ordnung?" fragte sie.

„Ja, und bei dir?"

„Es geht."

„Wo sind die Mädchen?"

„Ich habe sie auf ihr Zimmer geschickt. Ich hielt es nicht für den geeigneten Zeitpunkt, eine längere Auseinandersetzung anzufangen." Sie schien ihm über die Schulter zu schauen.

„Wo ist denn Jean-Claude?"

„Er..." Bob blickte sich um. Kein Jean-Claude hinter ihm. Er war auch nirgends zu sehen. Er wandte sich an Sheila: „Womöglich hat er Angst gehabt reinzukommen."

„Dann wollen wir ihn holen", sagte sie.

Er stürzte auf die Veranda und sah nichts als schwarze Nacht.

Dann zerriß ein Blitz den Himmel und beleuchtete sekundenlang die Einfahrt.

Der Junge lag mit dem Gesicht im Schlamm, wenige Schritte vom Wagen entfernt. Der Regen peitschte auf die regungslose Gestalt nieder.

„Um Gottes willen", stieß Bob hervor, rannte zu ihm und drehte ihn um.

„Er ist bewußtlos“, rief er Sheila zu, die auf der Veranda stand.

„Bring ihn rein, ich ruf' den Arzt“, rief sie zurück.

„Nein, laß. Ich fahr' ihn gleich ins Krankenhaus, das sieht böse aus.“

Sie war sofort neben ihm und sah den Jungen an, während der Wolkenbruch sie beide durchnäßte. Als Bob ihn hochhob, legte sie dem Kind die Hand auf die Stirn.

„Er glüht ja!“ Sie öffnete die Wagentür, und Bob setzte ihn behutsam auf den Vordersitz. „Ich komm' mit.“

„Nein, geh rein, ruf das Krankenhaus an und melde uns schon an.“

„Meinst du?“

„Geh, Sheila, bitte!“ Es klang fast hysterisch.

Sie nickte und rannte ins Haus zurück.

Aus einem erleuchteten Fenster im ersten Stock sahen zwei Paar Augen Bobs Wagen nach, als er in einer Regenfontäne die Einfahrt hinunterfuhr und in die Straße einbog. Jessica und Paula rätselten, welche Katastrophe nun schon wieder in ihr Leben getreten war.

Bob fuhr nach Hyannis wie ein Besessener. Der Junge war still, sein Atem ging flach und rasch. Seine Stirn begann besorgniserregend kalt zu werden. Von Zeit zu Zeit tauchte er halb aus seinem Delirium auf und murmelte ein einziges Wort: „Maman.“

Bei der Notaufnahme ging es zu wie in einem Irrenhaus. Die regennassen Straßen im Ferienverkehr hatten mehr Verkehrsunfälle verursacht, als die Statistik hatte erwarten lassen. Doch als sich Bob mit Jean-Claude in den Armen meldete, eilte ein junger, sichtlich abgehetzter Assistent herbei.

„Sofort in den Untersuchungsraum.“

Bob beobachtete ihn, wie er Jean-Claudes Puls zählte und dann anfing, den Bauch des Jungen abzutasten. „Scheiße!“ hörte er ihn murmeln und dachte: Eine fabelhafte Diagnose, das Bürschchen studiert wahrscheinlich noch. Ich brauche einen richtigen Arzt. Der junge Mann kommandierte eine Schwester, die in der Nähe herumstand: „Sofort eine Vierernadel, tun Sie zwei Milligramm

Ampicyllin und sechzig Milligramm Gentamycin mit rein. Bitte einen nasogastrischen Tubus vorbereiten, und lassen Sie John Shelton holen - schnell!"

Sie hastete davon. Der Assistent nahm Jean-Claude das Thermometer aus dem Mund, las es mit zusammengekniffenen Augen ab und murmelte wieder etwas.

„Also, was ist?" fragte Bob ungeduldig.

„Bitte, kommen Sie einen Moment mit raus, Sir."

„Ich bin gleich wieder da", sagte er zu Jean-Claude und strich ihm über die eiskalte Wange, „brauchst keine Angst zu haben." Der Junge nickte kaum merklich. Er sah zu Tode erschrocken aus.

„Also?" fragte Bob, kaum daß sie draußen standen.

„Peritonitis", sagte der Assistent. „Total vereiterte Bauchhöhle."

„Und was zum Teufel bedeutet das?"

„Blinddarmdurchbruch. Der Junge hat 40,2. Wir müssen so schnell wie möglich operieren. Ich habe nach unserem besten Chirurgen schicken lassen. Höchstwahrscheinlich ist er irgendwo mit seinem Boot unterwegs..."

„Und sonst ist im Moment niemand hier?" fragte Bob und sprach heimlich ein Stoßgebet, es möge jemand Kompetenteres im Hause sein als dieser nervöse junge Mann.

„Dr. Keith hat bereits einen Patienten im OP. Schwerer Verkehrsunfall. Außerdem ist er orthopädischer Chirurg. Das Gescheiteste wäre, wir warten auf Dr. Shelton."

„Und was machen wir, bis er kommt?"

„Der Patient ist stark dehydriert, deshalb hänge ich ihn an einen intravenösen Tropf. Jetzt hat er außerdem eine hohe Dosis Antibiotika bekommen."

„Ist das alles?" fragte Bob, „können wir sonst nichts tun, während wir auf Ihre Kapazität warten?"

„Doch, wir können etwas tun, nämlich ganz ruhig bleiben", sagte der Assistent anzüglich. „Vielleicht könnten Sie ihn schon mal bei der Aufnahme anmelden."

Sekundenlang hielt Bob die Luft an. Nur nicht aufregen, sagte er sich. Der Bursche hat eine Menge um die Ohren.

„Ja", sagte er dann. „Okay. Entschuldigen Sie."

Und wandte sich zum Gehen.

„Name des Patienten." Er buchstabierte ihn der Dame an der Aufnahme langsam vor.

„Adresse?" Er nannte das Haus in Wellfleet.

„Beruf?"

„Kind", sagte Bob sarkastisch und gab das Alter des Jungen an.

„Religionsbekenntnis?" Er wußte es nicht. Der Dame schien das zu mißfallen. „Ohne", sagte Bob. Das schien ihr noch mehr zu mißfallen. „Katholisch, glaube ich." Diese Antwort war anscheinend befriedigend.

Nicht so befriedigend war dann die Tatsache, daß weder Krankenkasse noch Versicherung bekannt waren. Bobs Angebot, für alles aufzukommen, stieß auf Mißtrauen.

„Mister Beckwith!" rief eine Stimme den Gang entlang. „Wir haben Glück!"

Es war der junge Assistent, der atemlos und schwitzend angelaufen kam.

„Wieso?" fragte Bob.

„Dr. Shelton war wegen des Unwetters zu Hause. Er ist eben gekommen."

„Na, fabelhaft", entgegnete Bob. Und beide rannten hinunter in die Halle.

Dr. Shelton hatte graumeliertes Haar und sah Gott sei Dank ruhig und erfahren aus. Sein Verhalten war fast zu sachlich.

„Haben wir die Genehmigung zu operieren?" fragte er den Assistenten.

„Dazu sind wir noch nicht gekommen, Sir."

Shelton wandte sich an Bob.

„Wo sind die Eltern des Jungen?" fragte er.

„Sie sind...tot", gab Bob Auskunft.

„Dann muß jemand anders an Stelle der Eltern unterschreiben. Sind Sie sein Vormund?"

„Nein, Vormund ist ein gewisser Venarguès in Frankreich."

„Dann müssen wir telefonisch seine Genehmigung einholen. Wenn noch einer mithört, ist sie rechtskräftig."

Dazu bleibt keine Zeit, dachte Bob. Ich habe Louis' Telefonnummer nicht bei mir. Die liegt irgendwo in meinem Schreibtisch.

„Könnte – ich nicht unterschreiben?"

„Sie haben keine gesetzliche Vollmacht", sagte Dr. Shelton. „Warum sollen wir den Franzosen nicht anrufen? Das Kind ist schwer krank."

„Dann operieren Sie", befahl Bob, „operieren Sie *sofort.*"

„Ich verstehe Ihre Besorgnis, Mr. Beckwith. Aber Chirurgen haben ihre Vorschriften wie alle anderen auch."

„Sie brauchen keinen Prozeß wegen Überschreiten der ärztlichen Befugnis zu befürchten, verdammt noch mal", sagte Bob zornig. „Ich entbinde Sie von Ihrer Verantwortung."

Der Chirurg blieb phlegmatisch und hartnäckig. „Mr. Beckwith, ich spreche fließend Französisch. Ich kann diesem Monsieur Venarguès die ganze Situation erklären."

Bob war nahe daran, die Nerven zu verlieren.

„Herr Doktor, ich muß Ihnen etwas im Vertrauen sagen..."

„Der hippokratische Eid gilt für uns beide", sagte Shelton und wies mit dem Kopf auf den Assistenten.

„Kann ich Sie trotzdem allein sprechen", sagte Bob, alle Kraft zusammennehmend.

„Ich – ich seh' mal nach, wie weit Dr. Keith ist", sagte der zappelige junge Mann, „wir sind im OP 2." Er schoß davon.

„Ja bitte?" sagte der Chirurg.

„Ich kann an Stelle der Eltern unterschreiben." Bob fürchtete, dieser wackere Bullenbeißer könnte es für einen Trick halten.

„In welchem Verwandschaftsverhältnis stehen Sie denn nun zu ihm?"

„Ich ... ich bin der Vater."

„Aber Sie haben doch eben gesagt ..."

„Unehelich", sagte Bob rasch. „Seine Mutter ist Dr. Nicole Guérin von der medizinischen Fakultät Montpellier in Frankreich. Das heißt, *war.* Sie ist vor vier Wochen gestorben."

Bobs Instinkt erwies sich als richtig. Die unerhebliche Tatsache, daß die Mutter des Jungen eine Kollegin war, schien Dr. Shelton umzustimmen.

„Kann ich mich darauf verlassen?“ fragte er.

„Rufen Sie meine Frau an, die wird es Ihnen bestätigen“, sagte Bob.

Das überzeugte den Arzt.

Die Operation zog sich endlos hin. Bob saß auf einem Plastikstuhl in dem jetzt leeren Wartezimmer und versuchte gegen das Gefühl absoluter Hilflosigkeit anzukämpfen. Er redete sich ein, er sei an allem schuld. Gegen drei Viertel drei erspähte er den Assistenten.

„Verzeihung, Herr Doktor“, rief er bescheiden. „Kann ich Sie einen Moment sprechen?“

„Ja, Mr. Beckwith?“

„Ist Peritonitis etwas sehr Ernstes?“

„Nun, bei Kindern kann sie gefährlich werden.“

„Heißt das, die Operation kann auch schlecht ausgehen?“

„Bei Kindern manchmal...“

„Mein Gott!“

„Dr. Shelton ist ein besonders tüchtiger Chirurg, Mr. Beckwith.“

„Aber es besteht trotzdem die Möglichkeit, daß das Kind stirbt, oder?“

„Ja, Mr. Beckwith“, sagte er gelassen.

„Hallo, Sheila?“

„Bob! Ich hab' mir solche Sorgen gemacht. Wie geht es ihm?“

„Er hat einen Blinddarmdurchbruch. Sie operieren ihn gerade.“

„Soll ich rüberkommen?“

„Nein, das hat keinen Sinn. Bleib du bei den Mädchen. Ich ruf' dich an, sobald es was Neues gibt.“

„Kommt er durch?“ fragte sie, weil sie die Todesangst in seiner Stimme hörte.

„Selbstverständlich“, antwortete er und versuchte es zu glauben, um wenigstens sie überzeugen zu können.

„Bitte ruf mich an, wenn du was weißt. Bitte, Liebling. Die Mädchen sind auch ganz außer sich."

„Ja, reg dich nicht zu sehr auf. Sag ihnen was Liebes."

Bob hängte ein und ging zurück zu seinem Stuhl. Er setzte sich und stützte den Kopf in die Hände. Endlich überließ er sich dem Jammer, den er wie durch ein Wunder während der letzten sechs Stunden verdrängt hatte.

27. Kapitel

„Brillante Vorlesung, Bob", sagte Robin Taylor aus Oxford.

„Comme d'habitude", sagte René Moncourget von der Sorbonne.

„Besonders, wenn man die Reisestrapazen bedenkt", ergänzte Daniel Moulton, Chef der IBM in Montpellier. „Allein schon daß Sie bei all den Streiks bis hierher vorgedrungen sind, ist nahezu eine Heldentat."

In den turbulenten Tagen im Mai 1968 Südfrankreich zu erreichen war für Robert Beckwith vom MIT wirklich ein Härtetest gewesen. Die größte Anstrengung aber hatte nicht darin bestanden, nach Barcelona zu fliegen, sich dort einen asthmatischen Wagen zu mieten, damit die Pyrenäen zu überqueren und bis Montpellier zu fahren. Das Schwerste war gewesen, diese Reise in Gesellschaft seines Kollegen P. Herbert Harrison zurückzulegen.

Denn statt die Schönheit des Mittelmeers oder die Pracht der Côte Vermeille zu bewundern, salbaderte er ohne Punkt und Komma über Hochschulangelegenheiten. Oder, um es präziser auszudrücken, über die Gründe, warum er keinen einzigen seiner Berufskollegen ausstehen konnte. *„Außer Ihnen natürlich, Bob. Sie waren immer hochanständig zu mir. Ich habe aber auch immer eisern zu Ihnen gehalten. Habe ich mich je darüber beklagt, daß dem Dienstalter nach ich Präsident sein müßte? Nein – immer die gräßlichen Kollegen, diese langweiligen Durchschnittstypen! Wen laden die Franzosen denn jetzt zum Kongreß ein? Na also. Wissen Sie übrigens, was dieser falsche Fuffziger, der Jamison, bei der Abfahrt zu mir gesagt hat?"*

„Augenblick mal, Herb. Wir sind ganz in der Nähe von Narbonne. Finden Sie nicht, wir sollten uns die halbe Stunde gönnen und uns ein bißchen umsehen. Die Kathedrale ist…"

„Wir wollen doch lieber schnell weiterfahren, Bob. Bedenken Sie unsere Verpflichtungen! Und bei dem heillosen Durcheinander in Frankreich ist womöglich nicht einmal unser Telegramm rechtzeitig angekommen."

„Würden Sie dann für eine Weile das Steuer übernehmen, Herb?"

„Ich bin sehr für gerechten Ausgleich, Bob. Aber Ihnen scheint das Fahren Spaß zu machen, wir wollen daher nicht zu sehr auf Förmlichkeiten bestehen. Außerdem – Sie wissen ja, was Mrs. Harrison von meinen Fahrkünsten hält!"

Mein Gott, womit hab' ich das verdient, dachte Bob. Warum zum Teufel konnte Sheila nicht mitfahren? Sie versteht es immer so gut, diese Nervensäge durch ihren Charme zum Schweigen zu bringen.

Als sei die Fahrerei nicht schon strapaziös genug gewesen, hatte man die beiden amerikanischen Professoren Harrison und Beckwith im Hotel Métropole auch noch Wand an Wand untergebracht. So mußte sich Bob am Abend jeden Sitzungstages endlose Klagen anhören. Jeder anwesende Statistiker war zweitklassig. Kein Wunder, daß Harrison darauf bestanden hatte, seinen Vortrag als letzter am letzten Nachmittag zu halten. Zwar konnte er die Kollegen nicht riechen, aber ihre Kritik fürchtete er doch. Sein Kopf war so hohl, wie seine Haut dünn war.

Bob war nach Beendigung seines eigenen Vortrags so erleichtert, in solcher Hochstimmung, daß er sich nicht darum kümmerte, was Harrison über *ihn* sagen mochte. Er begann sich den wohlwollenden Schulterklopfern zu entziehen.

„Ja, kommen Sie denn nicht mit zum Essen, Bob?" rief Harrison ihm zu.

„Vielen Dank, Herb, aber ich möchte mal ein Weilchen ganz abschalten."

Daraufhin drängte sich Harrison zu ihm durch.

„Beckwith, Sie können mich unmöglich mit Moncourget und den anderen Individuen allein lassen. Die sind geistiges Fußvolk. Wie soll ich danach meinen Vortrag halten? Ich meine, dieser Taylor ist doch ein absoluter ..."

„Tut mir leid, Herb, aber ich bin im Augenblick total überdreht. Wenn ich einen kleinen Spaziergang mache, bin ich dann auch frischer für Ihren Vortrag."

„Nicht doch, Bob", bettelte der Kollege. „Außerdem – es ist hier überall gefährlich. Haben Sie vergessen, daß jemand eine Bombe geworfen hat?"

„Das war vorige Woche, Herb."

„Aber es wird sicherlich noch einmal passieren. Der Portier hat mir erzählt, daß heute eine Massendemonstration stattfindet. Tausende von tollwütigen Studenten sind auf den Straßen!" (Jedesmal, wenn Harrison das Wort „Student" aussprechen mußte, litt er sichtlich.)

„Die tun mir nichts", sagte Bob, „gegen Tollwut bin ich geimpft." Damit ging er die kopfsteingepflasterte Gasse hinunter.

„Beckwith, Sie können doch einen Kollegen nicht im Stich lassen!" rief Harrison ihm nach.

Schwachsinn, dachte Bob. Er betete, es möge der Tag kommen, an dem er so etwas laut aussprechen durfte.

Er schlenderte in Richtung Place de la Comédie und blieb zwischendurch stehen, um die eleganten Stadthäuser aus dem 18. Jahrhundert zu bewundern. Je näher er dem Stadtkern kam, desto lauter wurde der Lärm der sich zum Protestmarsch sammelnden Studenten. Ihm entging nicht, daß in den Seitenstraßen Polizeiautos lauerten. Wie sprungbereite Tiger. Womit rechneten die eigentlich?

„Salaud! Putain de flic! Espèce de fachaud!"

Vor ihm in der schmalen Gasse hatten mehrere Polizisten zwei Studentinnen in Jeans angehalten. Sie hatten ihnen befohlen, sich umzudrehen und die Hände gegen die Mauer zu stützen. Da lief etwas schief, überlegte er. Die Polizisten tasteten die Mädchen ab, besonders ihre Hinterbacken. Waffen können die doch nicht haben, dachte Bob, dazu sind doch die Hosen viel zu eng.

Er kam näher. Der Dialog zwischen den Polizisten und den zwei Frauen wurde immer bissiger, soviel konnte Bob verstehen. Er blieb etwa drei Meter entfernt stehen und beobachtete die Szene.

„Hé toi – qu'est-ce-que tu fais là?"

Einer der Polizisten war auf Bob aufmerksam geworden und fragte ihn höflich, was in Dreiteufelsnamen er hier zu suchen habe.

„Nichts", erwiderte Bob in seinem besten Yale-Französisch.

Jetzt kamen zwei der Polizisten auf ihn zu.

„Tes papiers", forderte der, der ihn zuerst angeredet hatte.

Papiere? Paß und Führerschein hatte er im Hotel gelassen. Jackett und Schlips im Hörsaal. Sehr professoral sah er nicht aus. Jetzt standen die beiden vor ihm.

„Et alors?" fragte der Jüngere.

„Ich bin Amerikaner", sagte Bob und hoffte, damit sei das Problem gelöst.

„Parle français, conard" knurrte der Größere.

„Ich bin Professor", sagte Bob – jetzt wieder auf französisch.

„Na klar doch!" sagte der Polizist. „Und ich bin der Kaiser von China."

„Laß ihn in Ruhe", rief eines der beiden Mädchen, „sonst zerbombt Nixon eure *préfecture!"*

Diese Drohung hinderte die Beamten nicht, Bob gegen die Mauer zu drängen. „Wo zum Teufel hast du deine Papiere?" wollten Sie wissen und packten ihn am Hemd.

„In meinem Hotel, verdammt noch mal", sagte er wütend. „Métropole, Zimmer 204".

„Verarsch jemand anders", sagte der Polizist und stieß Bob mit voller Wucht gegen die Hauswand. Der bekam es mit der Angst und hob die Hand, um den Schlag abzuwehren, den er kommen fühlte.

Er hatte sich nicht geirrt. Plötzlich spürte er einen harten Stoß gegen seine Stirn, der ihn fast betäubte.

Eines der Mädchen kam angelaufen und ließ eine Flut von Beschimpfungen los, die auf Bobs Angreifer doch einigen Eindruck zu machen schienen. Sie zogen sich zurück und riefen ihm nur noch warnend zu: „Das nächste Mal nimm deine Papiere mit!"

Als sie zu ihrem Wagen gingen und losbrausten, ohne sich um die Frauen zu kümmern, zitterte Bob am ganzen Leib.

„Danke“, sagte er zu dem Mädchen, das ihn gerettet hatte. Sie war schlank und hatte rabenschwarzes Haar. „Was haben Sie denen eigentlich gesagt?“

„Ich hab' dem Bullen nur deine Hallo-Karte gezeigt.“

„Meine was?“

Sie wies auf die Tasche seines Hemdes. Dort stak - zugleich Werbeträger für die IBM - ein Kärtchen mit der Aufschrift:

Hallo! Meine Name ist

ROBERT BECKWITH

M.I.T. U.S.A.

„Tut mir leid“, sagte das Mädchen, „kann ich mir mal deine Kopfwunde ansehen?“

Bob faßte sich an die Schläfe. Sie war geschwollen und blutete. Außerdem spürte er, wie sie anfing zu pochen.

„Der Kerl hat mir glatt eine verpaßt“, murmelte er. Noch nie in seinem Leben war er geschlagen worden. „Ist hier vielleicht irgendwo ein Krankenhaus?“

„Nicht nötig. Ich werde einen Hausbesuch machen. Man könnte auch Straßenbesuch sagen.“

„Sind Sie Ärztin.“

„Ja. Und Simone, meine Kollegin dort drüben - ist im sechsten Semester. Komm, ich hab' mein Zeug im Kofferraum.“

Bob begleitete leicht schwankend die Mädchen bis zu ihrem roten Dauphine-Kabrio. Simone öffnete den Kofferraum und reichte der Ärztin ihre Bereitschaftstasche. Sie goß etwas aus einem Fläschchen und machte sich daran, Bobs Wunde zu betupfen.

„Die Wunde ist nicht besonders tief“, sagte sie, legte mehrere Gazepolster auf und wickelte ihm einen Druckverband um die Stirn.

„Ist dir schwindlig?“

„Ich weiß nicht recht.“

„Ich seh' mir das lieber genau an“, meinte sie. „Er hat dich mit seiner *matraque* geschlagen, und nicht mit der Faust.“

„Was? Mit dem Gummiknüppel? Großer Gott, was hab' ich denn getan?“

„Du hast zugesehen, wie er uns gegen die Vorschrift abgetastet hat“, sagte sie und lächelte. „Komm mit ins Café, dort hinunter. Kannst du gehen?“

„Ja.“

Im Café führte sie ihn in eine ziemlich dunkle Ecke, holte ein Ophtalmoskop heraus und begann Bobs Augen zu untersuchen. Ihre Stirnen berührten sich fast.

„Was machen Sie?“ fragte er.

„Ich rieche dein Rasierwasser. Sehr sexy.“

Bob lachte verlegen. Sie standen sich dicht gegenüber.

„Nein, im Ernst“, fragte er wieder.

„Ich prüfe deine Pupillarreflexe.“

„Was heißt pupillarisch - ich bin schon Lehrkraft“, versuchte er zu scherzen.

„Ein Spaßvogel bist du auch nicht gerade“, erwiderte sie.

„Ist bei mir alles in Ordnung?“ fragte er, jetzt wieder ernst.

„Ich glaube schon. Das Licht hier ist nicht besonders gut. Ich schlage vor, du gehst zurück in dein Hotel, legst dich hin und machst dir kalte Kompressen. Und nimm zwei Aspirin.“

„Aha, Aspirin. Dann sind Sie also wirklich Ärztin.“

Die Ärztin in den Jeans warf das schwarze Haar in den Nacken und lachte schallend.

„Soll ich dich heimfahren?“ fragte sie, noch immer amüsiert.

„Nein danke, laufen wird mir guttun.“ Damit verließ er das Café. Sie rief ihm nach:

„Hör mal, wenn es dir dann nicht besser geht, komm unbedingt vor sechs ins Krankenhaus.“

„Warum vor sechs?“

„Weil ich danach weg bin. Frag nach Dr. Guérin. Nicole Guérin.“

28. Kapitel

„Beckwith? Sind Sie da?“

Jemand hämmerte gegen Bobs Kopf – oder gegen die Tür seines Hotelzimmers? Allmählich begriff er: Es war die Tür. Er stand auf, ging langsam zur Tür und öffnete.

„Beckwith! Sie waren nicht in meinem Vortrag!“

Es war Harrison.

„Tut mir leid, Herb, ich hatte einen kleinen Unfall.“

Jetzt erst bemerkte der andere den Verband um Bobs Stirn. „Was ist mit Ihrem Kopf?“

„Zwei Polizisten…“

„Oh! Waren Sie schon beim Arzt?“

„Ja. Auf der Straße.“

„Bob, Sie reden irre. Wir müssen hier fort. In diesem Land herrscht Chaos, die Straßen sind voll von diesen gräßlichen Studenten.“

„Danke für Ihren Besuch“, lallte Bob, „ich muß mich wieder hinlegen.“

„Beckwith, Sie vergessen, daß ich übermorgen meinen Vortrag in Salzburg wiederholen muß. Wir müssen augenblicklich losfahren.“

„Herb, man hat mich eben zusammengeschlagen. Ich bin nicht in der Lage, irgendwohin zu fahren.“

P. Herbert blieb stur. „Bob, wenn wir nach Mailand fahren, könnten Sie von dort eine Maschine nach Boston nehmen, und ich könnte nach Salzburg fliegen. Kommen Sie, kommen Sie, jeden Moment kann hier im Hotel eine Bombe hochgehen.“

„Beruhigen Sie sich, Herb. Das sind doch Wahnvorstellungen. Wir schlafen uns erst mal aus und fahren morgen ganz früh los.“

„Unmöglich. Vollständig ausgeschlossen. Ich habe berufliche Verpflichtungen zu erfüllen und werde nicht mein Renommee aufs Spiel setzen."

„Dann müssen Sie allein fahren, Herb." (Jetzt geht dir die Luft aus, was?)

„Auch gut", sagte der Kollege heldenhaft, „wo sind die Autoschlüssel."

Bob war zwar etwas überrascht, aber wenn er Harrison auf diese Weise los wurde, wollte er sich sogar von dem Wagen trennen. Er griff in die Tasche und übergab ihm die Schlüssel.

„Ich bedaure aufrichtig, Sie hier allein zurücklassen zu müssen", sagte P. Herbert, ohne daß man ihm das geringste Bedauern ansah. „Wie wollen Sie denn hier rauskommen?"

„Wenn der Streik vorbei ist, fliege ich über Paris."

„Aber wie wollen Sie Sheila erreichen? Offenbar kann man ja nicht mal telefonieren. Sogar Überseegespräche werden nicht angenommen."

„Vielleicht sind Sie so freundlich, sie aus Österreich anzurufen. Sagen Sie ihr nichts von meinem Kopf, nur daß die Leute von IBM mich gebeten haben, noch ein paar Tage zu bleiben. Ich riefe sie dann an, sobald das Telefon wieder funktioniert."

„Das tu ich gern."

„Danke."

„Schon gut. Sie können mir das Geld wiedererstatten, wenn wir uns in Cambridge sehen."

Bob musterte den unangenehmen Zeitgenossen und dachte bei sich: Und ob ich es dir wiedererstatten werde – mit einem Fußtritt. Aber das mußte er für sich behalten, weil er den Kerl für den Anruf bei Sheila noch brauchte.

„Danke, Herb. Hauptsache, sie weiß, daß mir nichts passiert ist."

„Dann sehen wir uns also auf dem Campus."

„Yeah. *Bon voyage!*"

Als Bob die Tür schloß, brüllte er in Gedanken: Hoffentlich stürzt du über irgendeine Klippe, du gottverdammter Egoist. Dann sank er wieder auf sein Bett und schlief ein.

Er erwachte vom Geläut der Glocken. Fünf Uhr nachmittags. In seinem Kopf hämmerte es. Er hielt es für besser, nun doch endlich ins Krankenhaus zu gehen.

Das Taxi ratterte den Boulevard Henri Quatre entlang und setzte ihn vor dem Eingang zur Notaufnahme im Hôspital Général ab.

Das Wartezimmer war überfüllt. Man notierte seinen Namen und forderte ihn auf, sich zu setzen und zu warten. Dies tat er. Auf einer harten Holzbank. Nach vierzig Minuten verlor er allmählich die Geduld. Vielleicht sollte er nach der jungen Ärztin fragen? Wie hieß sie noch - Guérin?

„Eine Frau Dr. Guérin haben wir", sagte die Schwester vom Dienst, „aber die ist in der Pathologie. Monsieur wollen freundlicherweise auf den zuständigen Arzt warten."

„Könnten Sie sie trotzdem ausrufen lassen? Sagen Sie, Professor Beckwith sei hier."

Sie erfüllte seine Bitte nur ungern. Minuten später kam Nicole Guérin in den Notaufnahmeraum gefegt, im weißen Mantel, das dunkle Haar zum Pferdeschwanz zurückgebunden.

„Kommen Sie mit", sagte sie und führte Bob energisch den Korridor entlang zu einer Tür mit der Aufschrift *Radiologie.*

„Bitte hier herein", sagte sie.

Der Raum war vollgestellt mit Röntgengeräten. Ein weißhaariger Techniker schien gerade seinen Dienst beenden zu wollen. Nicole hielt ihn auf.

„Paul, ich brauche eine Schädelaufnahme dieses Patienten - um zu prüfen, ob eine Fraktur vorliegt."

„Jetzt? Aber Nicole, ich will gerade essen gehen."

„Jetzt, Paul. Bitte!"

„Na gut", seufzte er. „Vor Ihrem Lächeln kapituliere ich."

Eine Viertelstunde später studierte sie das Innere von Bobs Schädel.

„Ist mein Gehirn intakt?" witzelte er, um seine Unruhe zu überspielen.

„Ich bin kein Psychiater", gab sie lächelnd zurück. „Aber ich sehe keinerlei Anzeichen für eine Fraktur. Es kann sein, daß Sie eine leichte Gehirnerschütterung hatten, aber das läßt sich nach dieser Aufnahme nicht feststellen. Im Grunde sind Sie wohl nur geschockt, wie man in Amerika sagt."

„Und was soll ich tun?"

„Im Moment nur sich hinsetzen, damit ich die Wunde frisch verbinden kann."

Während sie ihm eine neue Bandage anlegte, machte Bob höflich Konversation.

„Mit solchen Fällen haben Sie wahrscheinlich nicht oft zu tun – als Pathologin, meine ich."

„Das bin ich nur an zwei Tagen in der Woche, ansonsten praktische Ärztin. Du weißt schon: gebrochene Arme, Masern, brüllende Säuglinge. In Sète, wo ich wohne. Kennen Sie Sète?"

„Frau Doktor, alles, was ich bisher gesehen habe, ist das Innere eines Hörsaals, und dann hab' ich noch eine Stadtrundfahrt mitgemacht: Sie wissen schon, die römischen Ruinen, Le Peyrou, das Aquädukt..."

„Mit einem Wort: faszinierend", sagte sie spöttisch. „Wollen Sie ans M.I.T. zurück, ohne das reizende Fischerdörfchen gesehen zu haben, in dem Valérie geboren und gestorben ist? Das kann ich nicht zulassen! Ich habe jetzt dienstfrei, und ich fahre Sie jetzt gleich hin. Die Tageszeit ist genau richtig."

„Hm – ich – ich glaube, das geht nicht."

„Haben Sie schon eine Verabredung?"

„Ja, in gewissem Sinne." (Ich bin nicht verabredet, sondern verheiratet!)

Ihre dunkelbraunen Augen fixierten ihn. „Geben Sie's zu", scherzte sie, „wäre ich ein Mann mittleren Alters hätten Sie angenommen, stimmt's?"

Er wurde verlegen.

„Kommen Sie, Professor, die Meeresluft wird Ihnen guttun. Ärztliche Anweisung, wenn Sie so wollen!"

Ehe er es sich versah, saßen sie in ihrer roten Dauphine und brausten auf der N 108 nach Süden. Sie hatte recht. Die vom Meer kommende Brise klärte ihm den Kopf. Und verbesserte seine Laune.

„Wo haben Sie so fließend Englisch gelernt, Frau Doktor?"

„Nicole", verbesserte sie. „Wir stecken mitten in der neuen französischen Revolution, da nennt man sich beim Vornamen. Zu Ihrer Frage: Ich habe sechs Monate in Ihrer Heimatstadt gearbeitet."

„In Cambridge?"

„In Boston, um genau zu sein. Ich hatte eine Stellung als Pathologin am Allgemeinen Krankenhaus. Es war einfach herrlich."

„Warum sind Sie dann nicht dageblieben?"

„Gelockt hätte es mich schon. Und mein Abteilungschef war auch bereit, die nötigen Drähte zu ziehen. Aber schließlich kam ich doch zu dem Ergebnis, daß auch die tollsten medizinischen Einrichtungen mir nicht das ersetzen würden, was ich in Sète habe."

„Und das wäre?"

„Nun - das Meer. Und das unvergleichliche Gefühl, zu Hause zu sein."

„Sie meinen, in Ihrer Familie?"

„Nein. Die sind alle tot. Meine Familie sind die Dorfbewohner. Ich bin hier geboren und möchte hier sterben. Im übrigen können die hier eine junge Ärztin gut brauchen. Und außerdem liegt meine Praxis über der besten Bäckerei Frankreichs."

„Und was ist mit Montpellier?"

„Den Kontakt halte ich nur, um notfalls meine Leute aus Sète ins Krankenhaus einweisen zu können."

„Sie sind hier anscheinend sehr zufrieden", sagte Bob.

Sie sah ihn lächelnd an. Ihr sonnengebräuntes Gesicht leuchtete in der sinkenden Sonne.

„Manche Leute halten mich für verrückt. Ich habe sogar eine Stellung in Paris ausgeschlagen. Aber da ich ein Leben nach meinen eigenen Vorstellungen führe, kann ich sagen, daß ich eine sehr glückliche Frau bin. Sind Sie glücklich, Bob?"

„Ja", erwiderte er und ergriff die Gelegenheit, um hinzuzusetzen, „ich bin sehr glücklich verheiratet."

Sie brausten die Autostraße entlang. Links von ihnen lag das Mittelmeer.

29. Kapitel

Der alte Hafen lag in einem Ring von Kanälen, über die nur drei schmale Brücken führten.

Das Restaurant hallte wider von lauten Gesprächen in südlichem Dialekt, rauhem Gelächter und Gesang - begleitet von obligatem Gläserklirren.

„Was wird denn hier gefeiert?“ fragte Bob, während sie sich an eines der Tischchen vor dem Lokal setzten.

„Der Tagesfang, die Revolution - vielleicht auch ganz einfach das Leben“, antwortete sie.

Sie bestellte eine *bourride,* die heimische Fischsuppe, und einen Weißwein aus Narbonne. Bob wurde die Situation immer peinlicher. Das wuchs sich ja mehr und mehr zu einem Rendezvous aus. Vielleicht hätte er doch lieber mit Harrison wegfahren sollen.

„Sind Sie auch verheiratet?“ fragte er.

„Nein, und ich werde auch nie heiraten“, sagte sie ruhig.

„Oh.“

Sie griff über den Tisch und legte ihre Hand auf die seine. „Aber ich stehle keine Ehemänner, Bob. Ich bin keine Circe. Manchmal hatte ich etwas mit verheirateten Männern, zugegeben, aber nur mit beiderseitiger Einwilligung.“

Aus irgendeinem Grund tat die Geste nicht die offenbar beabsichtigte beruhigende Wirkung.

„Nicole! Salut, ma vieille, ma jolie professeur de médicine!“

Eine Stimme wie Bärengebrumm verkündete das Herannahen eines rotgesichtigen Alten mit offenem Hemd.

„Der Bürgermeister höchstpersönlich beehrt uns“, flüsterte Nicole Bob zu.

„Et comment va ma petite genie, ma jolie doctoresse?“ Der Alte

umarmte Nicole, und sie küßten sich auf beide Wangen. Dann wandte er sich zu Bob.

„Salut. Je m'appelle Louis. Et toi?"

„Das ist Bob", sagte Nicole. „Ein Professor aus Amerika."

„Amerika?" fragte Louis mit hochgezogenen Brauen. „Bist du für oder gegen den Krieg?"

„Dagegen", sagte Bob.

„Gut", sagte der Bürgermeister und setzte sich unaufgefordert zu ihnen an den Tisch. „Darauf müssen wir trinken."

Er winkte dem Inhaber des Lokals, ihm den üblichen *muscat* zu bringen, zündete sich eine Zigarette an und wandte sich wieder an Nicoles Gast.

„Also Bobbie, was hältst du von unserer Revolution?"

„Ich hab' noch wenig davon gesehen – bis auf den Gummiknüppel eines Polizisten."

„Haben sie ihn zusammengeschlagen?" fragte Louis Nicole.

Sie nickte. „Ja, am frühen Vormittag, um in Fahrt zu kommen."

„Salauds!" knurrte Louis. „Hätten lieber nach den Schweinen suchen sollen, die im CGT-Gelände Bomben gelegt haben."

„Was ist das?" fragte Bob. Er erinnerte sich undeutlich, daß Harrison etwas von Bomben gesagt hatte.

„Das ist unsere Gewerkschaft", erklärte Nicole ihm. „Vor ein paar Tagen wurde ein Molotowcocktail in die Geschäftsstelle geworfen."

„Fachauds", brummte Louis weiter, „aber ich sage dir, Bobbie, diesmal gewinnen die Arbeiter. Die Regierung macht sich bereits in die Hosen. Ich sage dir, das Grenelle-Abkommen ist nur ein Schritt in einem unaufhaltsamen Prozeß. Was hältst du übrigens von Pompidou?"

„Ich finde, er hat allen Grund, nervös zu sein", erwiderte Bob.

Louis lachte herzlich. „Nervös? Der hat kein Paar trockene Unterhosen mehr. Diesmal haben die Arbeiter die großen Tiere in Paris aufgescheucht. Verstehst du, wir sind nicht irgendein verschlafenes Fischernest. Wir haben hier überall Industrie. Und in Frontignan werden Raffinerien gebaut. Außerdem produzieren wir *engrais."*

„Was ist *engrais?*“ fragte Bob Nicole.

„Düngemittel“, sagte sie.

„Nicole“, sagte Louis, „hab' ich dir schon erzählt, was für einen tollen Slogan ich mir für die *engrais*-Arbeiter ausgedacht habe? Paß auf: KEIN GELD - KEINE SCHEISSE! Fabelhaft, was?“ Vor Stolz lachte er brüllend.

„Das ist - orginell“, meinte Bob.

„Hört mal“, sagte Louis und war schon beim nächsten Thema. „Ich muß weg, ich treff' mich mit einem meiner *enragés*. Ihr zwei kommt morgen zum Mittagessen zu Marie-Thérèse und mir!“

„Ich - ich muß zurück in die Staaten“, sagte Bob.

„Das kannst du nicht, mein Lieber, wenn du dir nicht Flügel wachsen läßt“, sagte der Bürgermeister. „Das Proletariat hat das ganze Land unterm Daumen. Und wir wollen die feinsten Bonzen in Paris so lang wie möglich schwitzen lassen. Also kann man nichts tun als trinken und über Politik reden, versteht ihr. Und beides werden wir morgen beim Mittagessen tun. Ciao, Bobbie. *Bon soir, ma petite.*“ Er küßte Nicole und marschierte ab.

„Ein toller Typ, was?“ fragte Nicole. „Können Sie sich vorstellen, wie Frankreich aussähe, wenn er an de Gaulles Stelle wäre?“

„Ja“, sagte Bob grinsend, „dann wäre es Italien.“

Sie lachte. „Sie können ja richtig witzig sein“, sagte sie.

„Nein, ich bin nur ein bißchen blau. Darf ich überhaupt Wein trinken?“

„Keine Sorge“, meinte sie, „Sie tun es ja unter ärztlicher Aufsicht.“

Er nahm noch einen Schluck und sah Nicole forschend an.

„Sie wollten mir gerade erklären, warum Sie nie heiraten werden.“

„Ich weiß es eben“, sagte sie achselzuckend.

„Ja, aber warum?“

„Ich bin vielleicht verrückt, aber ich glaube nun einmal nicht, daß die Ehe für jeden das Richtige ist. Für mich zumindest ist sie es nicht. Dazu genieße ich meine Unabhängigkeit zu sehr. Das braucht nicht unbedingt Einsamkeit zu bedeuten.“

„Davon bin ich überzeugt“, unterbrach Bob, „wenn jemand so attraktiv ist wie Sie...“ Er stockte. Er hatte es ganz anders ausdrükken wollen, damit sie nicht merkte, wie beeindruckt er von ihrer Schönheit war. Eine rein theoretische Unterhaltung zwischen flüchtigen Bekannten – das hatte er vorgehabt.

„Wollen Sie denn keine Kinder?“ fragte er.

„Das habe ich auch schon überlegt. Ich glaube doch. Wenn ich jemanden finde, den ich gern genug mag, um mit ihm ein Kind zu machen.“

„Und das würden Sie allein aufziehen?“

„Warum nicht?“

„Das ist sehr – avantgardistisch.“

„Sehr wenig *bourgeois* meinen Sie, nicht wahr? Ich halte mich für stark genug, um beide Eltern in einer Person zu sein. Und Sète ist wirklich nicht *bourgeois.* Trinken wir noch einen?“

„Nein, danke. Ich habe schon mehr als genug.“

„Nur zu! Fahren tu' ich.“

Nicht daß er betrunken gewesen wäre, aber er spürte, wie er die Kontrolle über sich verlor. Er hatte Mühe, das Gespräch in harmlosen und abstrakten Bahnen zu halten. Über den Kongreß in Montpellier. Über P. Herbert Harrison. Über das Buch, das Sheila gerade herausgab.

„Sie lieben sie wohl sehr?“ fragte Nicole.

„Sie ist der Grund, warum ich an die Ehe glaube“, erwiderte Bob.

„Um diesen Glauben beneide ich Sie“, sagte Nicole, und ihre Stimme bekam zum ersten Mal einen sehnsüchtigen Unterton.

Sie tranken noch einen Kaffee. Es wurde spät. Im Lokal war es ruhig geworden.

„Es wird Zeit, daß ich in mein Hotel zurückkomme“, sagte Bob.

„Ja“, bestätigte sie und stand auf. „Ich habe das Gefühl, es wird Ihnen allmählich unbehaglich. Entweder ist das Müdigkeit oder Ihre Wunde oder meine Gesellschaft.“

Erst wollte er widersprechen, doch ihre dreifach richtige Diagnose war nicht zu widerlegen.

„Kommen Sie“, sagte sie. „In zwanzig Minuten sind Sie im Bett.“

Die Autostraße war nur vom Mond beleuchtet. Nicole hatte hinter Sète die Corniche-Route genomen, um ihm die friedliche Küste zu zeigen, ehe sie ihn nach Montpellier brachte.

„Morgen zeige ich Ihnen ein paar ganz jungfräuliche Wälder und seltene Kalksteinformationen, die wir hier *causses* nennen. Der Grand Canyon sind sie zwar nicht, aber eine gewisse wilde Schönheit haben sie doch. Sie werden sehen."

Werde ich das? dachte Bob. Muß ich mich auch bei Tageslicht noch der Versuchung stellen? Er schwieg, in der Hoffnung, das würde sie vom Plänemachen abbringen.

„Sehen Sie den Strand dort drüben?" fragte sie.

„Ja. So schön weiß."

„Und menschenleer. Sieht das Wasser nicht verlockend aus?"

„Doch, doch", sagte er, um höflich zu sein.

„Wollen wir nicht schnell mal schwimmen gehen?"

„Was, jetzt?"

„Nicht um uns Bewegung zu machen, das wäre *zu* amerikanisch. Nein, einmal reinlaufen und untertauchen."

Sie wandte den Kopf und lächelte ihm zu.

Er konnte nicht ja sagen. Aber er wollte auch nicht nein sagen. Er ließ es zu, daß sie mit dem Wagen auf einen Sandweg oberhalb der weiten stillen Bucht einbog.

Sie stiegen aus und gingen wortlos ans Ufer. Sie blieben stehen.

„Keine Angst", flüsterte sie schließlich, „das Wasser ist warm."

Ohne Scheu ließ sie ihre Kleider fallen, bis sie ihr als kleines Häufchen vor den Füßen lagen.

Sie war als Silhouette vor Meer und Sand wunderschön.

„Kommen Sie, Bob", sagte sie. Wieder sehr leise.

Jetzt kam er sich dumm vor, so vollständig angezogen.

Sie blieb regungslos im Mondlicht stehen, während er das Hemd ablegte, die Schuhe, die Socken, die Hosen – alles.

„Jetzt los", sagte sie und watete ins Meer. Er folgte ihr und ließ sich von den sanften Wellen überspülen.

Während der ganzen Zeit im Wasser, besonders als sie ihn ausgelassen anspritzte, fragte er sich, was geschehen würde. Dabei wußte er es. Schon jetzt trieb alles darauf zu. Er schwamm in einem nur von Sternen beleuchteten Meer, tausend Meilen entfernt von allem Gewohnten. Er wußte ganz genau, was geschehen würde. Und er wollte es.

Sie nahm seine Hand, als sie ans Ufer wateten. Sie blieb stehen, als die Brandung ihnen noch um die Knöchel strudelte.

Sie schmiegte ihr Gesicht an seines. Sie küßten sich.

„Komm mit mir nach Sète, Bob“, flüsterte sie, „ganz ohne Wenn und Aber, nur weil wir heute nacht gern zusammen sein wollen.“

„Ja“, antwortete er.

30. Kapitel

Bob hörte, wie sich Schritte näherten, und blickte auf. Es war Dr. Shelton, noch im grünen Operationskittel.

„Mr. Beckwith …“

Bob stand auf. Sein Herz schlug wild.

„Ja?“

„Ich glaube, wir haben es gerade noch rechtzeitig geschafft. In ungefähr zwölf Stunden wissen wir definitiv Bescheid, aber ich bin recht optimistisch. Ich schlage vor, Sie fahren jetzt heim und ruhen sich ein bißchen aus.“

„Kann ich ihn sehen?“

„Ich glaube nicht, daß er schon wach ist.“

„Das macht nichts. Ich möchte nur sehen, wie er atmet.“

„Von mir aus. Aber kriegen Sie keinen Schreck. Er sieht elender aus, als er sich fühlt. Zimmer 400.“

Bob fing an zu rennen.

Als er vor dem Zimmer ankam, war er außer Atem. Er öffnete die Tür so leise wie möglich. Der Junge saß im Bett, gegen Kissen gestützt, ein Schlauch hing ihm aus dem Nasenloch, ein zweiter aus dem Arm. Seine Augen waren halb geschlossen.

„Jean-Claude?“ flüsterte Bob. Der Junge wandte den Kopf.

„Bob“, sagte er heiser. „Beim Reden tut es weh.“

„Dann werde eben ich reden, und du nickst nur.“

Langsam näherte er sich dem Bett.

„Du wirst bald wieder gesund“, sagte er. „Dein Blinddarm war durchgebrochen. Sie haben dich operieren müssen, aber es wird alles wieder gut. Der Arzt hat es mir selber gesagt.“

Eine Minute lang sah der Junge ihn nur an. Dann sprach er, obwohl es ihm schwerfiel.

„Tut mir leid, Bob, daß ich dir soviel Ärger mache."

„Pssst. Nun sei nicht komisch." Er strich ihm beruhigend übers Haar. „Und jetzt red nicht mehr. Nick nur mit dem Kopf."

Er nickte.

„Gut. Und jetzt schlaf. In ein paar Stunden komm ich wieder." Er drückte ihm die Hand.

Jean-Claude sah ihn an und versuchte zu lächeln.

„Mach dir keine Sorgen. Vor Krankenhäusern habe ich keine Angst!"

Nach Hause fuhr Bob langsam und ließ sich die Kühlung voll ins Gesicht blasen, um wach zu bleiben. Das Gewitter war abgezogen, aber überall standen noch Pfützen. Als er vor dem Haus ausstieg, spürte er, daß der Tag schwül werden würde.

Sheila kam auf die Veranda, als sie den Wagen hörte. Sie sprachen fast gleichzeitig.

„Wie geht's ihm?" fragte sie.

„Wie geht's den Mädchen?" fragte er.

„Erst du", sagte sie.

„Es sieht recht ordentlich aus."

„Gott sei Dank. Wir haben uns solche Sorgen gemacht."

Er sah seine Frau an. Er hätte ihr unendlich viel zu sagen gehabt.

„Ich liebe dich, Sheila", sagte er. „Glaubst du mir das noch?"

„Ja", antwortete sie fast scheu, legte den Arm um ihn und führte ihn ins Haus. Die Mädchen saßen im Schlafanzug auf der Treppe.

„Wie geht's ihm?" platzte Paula los.

„Er wird wieder gesund", sagte Bob und setzte sich erschöpft.

„An allem bin ich schuld", konstatierte Jessica.

„Als ihr weg wart, hab' ich eine so irre Angst gehabt wie noch nie."

„Ich auch", sagte Paula.

„Nicht doch, Kinder, schuld bin nur ich", sagte Bob. Er schloß seine Töchter in die Arme und drückte sie an sich. Er fühlte ihre Angst und Verstörtheit. „Wir bleiben zusammen", sagte er. „Immer. Daran wird sich nie etwas ändern."

Er spürte, wie ihn jemand behutsam im Nacken berührte. „Du bist völlig erschöpft, Liebling", sagte Sheila.

„Jetzt geh erst mal schlafen."

„Ja." Sein ganzer Körper war wie taub. Er fühlte nur noch eines: daß alle ihn liebhatten.

„Geh, Papi, geh", sagte Jessica. „Mami hat ganz recht."

Er küßte die beiden und stieg die Treppe hinauf. Sheila folgte ihm. Sie half ihm aus den Kleidern und in einen warmen Pyjama. Er war kaum noch imstande, einen Dank zu murmeln, als er unter die Decke kroch und die Augen schloß.

Sheila beugte sich herunter und küßte ihn auf die Wange.

„Ich habe dich vermißt", flüsterte sie, im Glauben, er schliefe schon. Doch er hatte es gehört und tastete mit geschlossenen Augen nach ihrer Hand. Sie ergriff die seine. Er zog ihre Finger an die Lippen und dachte, bitte Sheila, laß nie los.

Als er sechs Stunden später aufwachte, saß sie mit einer Tasse heißem Kaffee am Bettrand.

„Ich muß die Klinik anrufen", sagte er.

„Das brauchst du nicht", erwiderte sie leise. „Während du schliefst, hat Dr. Shelton angerufen. Er sagt, es geht aufwärts. Sein Puls ist normal, die Temperatur sinkt. Übrigens fragt er nach dir."

„Oh. Kommst du mit?"

Sie überlegte einen Moment, dann sagte sie: „Ja."

Während der zwei Wochen, in denen Jean-Claude allmählich wieder zu Kräften kam, besuchten ihn Bob und Sheila täglich.

Eines Morgens, als Bob geschäftlich zu tun hatte, fuhr nur Sheila hin. Daß sie allein kam, schien Jean-Claude peinlich zu sein.

„Ich habe dir die Bücher mitgebracht, die du haben wolltest", sagte sie lächelnd. *„Histoire Générale, Spiderman* und *The Hulk."*

„Sehr freundlich, danke", sagte er. Sie spürte, daß er noch etwas sagen wollte.

„Ich hab' dich sehr gern", sagte sie, um zu zeigen, daß sie begriffen hatte.

Er sah weg.

„Sowie ich gesund bin, fahr' ich heim nach Frankreich", sagte er, noch immer, ohne sie anzusehen.

„Aber nein! Du kommst zu uns und bleibst bei uns."

Er wandte den Kopf und sah sie an. In seinen Augen lag Trauer.

„Als ich herkam, wußte ich nicht, wer - wer Bob war."

„Ich weiß."

„Aber du hast es gewußt, oder?"

Sheila zögerte kurz und entschied dann, jetzt sei Ehrlichkeit besser als ungeschicktes diplomatisches Gerede. „Ja", sagte sie. „Er hatte es mir gesagt."

„Warst du böse auf ihn?"

„Ja."

„Dann warst du sicher auch auf mich böse?"

Was sollte sie antworten? Sie griff nach seiner Hand.

„Ja, vielleicht, zuerst", sagte sie sanft. „Aber jetzt kennen wir uns. Jetzt sind wir Freunde."

Er hatte aufmerksam zugehört. Sie wußte nicht, ob er ihr glaubte. Schließlich sagte er:

„Du bist lieb, Sheila."

Jessica stritt sich nicht mehr mit Bob. Sie, die früher so wortgewandt und redselig gewesen war, war nun still und in sich gekehrt. Sie verbrachte viel Zeit außer Haus. Bob zog es vor, darin ein Stadium des Erwachsenwerdens zu sehen, das sie - so hoffte er - überwinden würde. Er bemühte sich immer wieder um Kontakt.

„Sag mal, Jess, wollen wir nicht alle heute abend ins Kino gehen? Ich hab' gehört, *Silent Movie* soll irre komisch sein."

„Tut mir leid, ich habe was anderes vor, Papi. Ich meine - ich bin schon verabredet."

„Aha. Kenne ich ihn?"

„David Ackerman", sagte Jessie.

„Ach so, Davey. Soso. Ein netter Junge."

Es gab nur ein Kino in der Nähe, einen grauen Schuppen mit alter Holzbestuhlung und so dünnen Wänden, daß die Zuschauer sogar während eines Western das Meer rauschen hörten. Dorthin führte Bob Sheila und Paula am Abend und saß, die Arme um sie gelegt, zwischen ihnen. Nach der Vorstellung, als sie sich Eisbecher kauften, sah er plötzlich Jessica und Davey nebeneinander gehen. Hatte sie ihn bemerkt? Er war sich nicht sicher. Na ja, dachte er, eigentlich sollte es mir nur recht sein, daß sie erwachsen wird.

Bei der Heimfahrt - sie hatten sich zu dritt auf die Vordersitze gezwängt, fragte Paula: „Wie lang muß eigentlich Jean-Claude noch im Krankenhaus bleiben?"

„Dr. Shelton meint, ungefähr noch fünf Tage", sagte Sheila.

„Und was wird dann?" fragte sie zaghaft.

„Deine Mutter und ich finden, daß er danach zu uns kommen soll, bis er sich wieder einigermaßen erholt hat", sagte Bob.

„Oh", machte Paula. „Habt ihr das Jessie schon gesagt?"

„Ja", sagte Bob.

„Und was hat sie gesagt?"

„Nichts", antwortete Sheila.

Jean-Claude sah blaß und mager, aber sonst gesund aus. Es war schwer zu sagen, wie ihm bei der Rückkehr ins Haus Beckwith zumute war, wo vor zwei Wochen der ganze Alptraum für ihn angefangen hatte. Während der Fahrt fragte sich Bob, ob der Junge sich vor der Wiederbegegnung mit Jessica und Paula fürchtete.

Sheila kam ihnen bis an die Tür entgegen und küßte Jean-Claude. Sie gingen hinein. Das Haus wirkte seltsam leer.

„Wo sind denn die Mädchen?" fragte Bob.

„Sie waren den ganzen Vormittag oben", antwortete Sheila und warf Bob einen Blick zu, der besagte: keine Ahnung, was sie treiben. Dann wandte sie sich an den Jungen, der etwas müde aussah:

„Möchtest du dich bis zum Mittagessen noch ein bißchen hinlegen, Jean-Claude?"

„Okay."

Er stieg langsam die Treppe hinauf und ging auf sein Zimmer zu. Er öffnete die Tür und blieb verdutzt stehen. Pélé starrte ihn an.

Das heißt: ein lebensgroßes Poster des berühmten brasilianischen Fußballstars.

„Gefällt's dir?" fragte Paula fröhlich und hüpfte aus ihrem Versteck.

Noch ehe er antworten konnte, mischte Jessica sich ein: „Es ist eine persönliche Widmung drauf - für dich!"

„Für mich?" fragte er ungläubig, trat näher und las auf dem Fußball, den Pélé gerade kickte: „Meinem Freund Jean-Claude mit allerbesten Wünschen, Pélé."

„Wie habt ihr denn das geschafft?" fragte er mit großen Augen.

„Der Vater meines Freundes ist zufällig sein Anwalt", erklärte Jessie.

„Toll!" rief der Junge. „Wenn ich es doch schon meinem Freund Maurice zeigen könnte!"

Einen Augenblick lang standen alle drei da, dann sagte Paula: „Wir - wir haben dich richtig vermißt, Jean-Claude." Und Jessie ergänzte: „Also willkommen daheim."

31. Kapitel

Jean-Claude war Ende Juli aus dem Krankenhaus entlassen worden. Am ersten Montag im August sollte Sheila ihren Dienst wieder antreten. Bob wurde bei der Aussicht, die ganze Horde allein auf dem Hals zu haben, immer bedrückter. Er sagte zwar nichts, aber wie üblich erriet Sheila auch so, wie ihm zumute war.

„Ich könnte ja Evelyn um einen weiteren Monat Urlaub bitten. Und wenn sie mir den abschlägt, muß sie wenigstens erlauben, daß ich ein-, zweimal die Woche nach Cambridge fahre und mir Arbeit hierher mitbringe."

Er war ganz gerührt über den Vorschlag, der, wie er genau wußte, im Verlag böses Blut machen würde.

„Glaubst du, sie wäre mit einer solchen Regelung einverstanden?"

„Sie wird müssen, Bob. Ich stelle ihr ein Ultimatum!"

„Sheila, du hast ja plötzlich Löwenmut!"

„Hab' ich nicht. Sobald ich vor ihr stehe, schlottern mir die Knie."

„Dann fahre ich dich hin und sekundiere dir."

„Und die Kinder?"

„Wir holen uns jemand. Susie Ryder vielleicht. Ich kümmere mich darum. Was meinst du, fahren wir gleich morgen?"

„So bald?" fragte sie mit gespieltem Entsetzen.

„Ich will nicht, daß du wieder kalte Füße kriegst. Und wenn, wärme ich sie dir in letzter Minute."

Sie lächelte ihn an. Auf diesen Blick hatte er lange und sehnsüchtig gewartet.

„Na?“

Er hatte auf der Steintreppe vor dem Verlag Posten bezogen. Als sie herauskam, strahlte sie.

„Hat sie dich mit gepflegten Worten zum Teufel gewünscht?“ neckte er sie.

„Ich war ein kompletter Idiot“, sagte sie fröhlich. „Weißt du, was sie gesagt hat? Warum ich nicht schon vor Jahren darum gebeten hätte?“

„Habe ich dir nicht immer gesagt, daß du die beste Lektorin bist, die sie jemals hatten?“

„Das schon, aber dir habe ich es nicht geglaubt.“

„Das wird dich lehren, meinem Urteil künftig etwas mehr zu vertrauen. Und jetzt wollen wir feiern“, sagte er und nahm sie an der Hand. „Was hältst du von einem Dinner bei Kerzenlicht?“

„Aber es ist doch erst Vormittag.“

„Dann warten wir eben, kaufen uns nur ein Sandwich und picknicken am Charles wie das Uni-Jungvolk.“

„Und wie steht es mit unserem eigenen Jungvolk? Wir müssen zu einer vertretbaren Zeit zu Hause sein.“

„Morgen vormittag ist früh genug“, sagte er. „Susie bleibt über Nacht.“

Sie sah ihn an und lächelte spitzbübisch.

„Wieso weiß ich eigentlich nichts von all diesen Dispositionen? Hast du noch mehr Überraschungen auf Lager?“

„Das wirst du dann schon sehen“, antwortete er. Freude stieg in ihm auf. Er hoffte wieder. Sie hatte keiner seiner „Dispositionen“ widersprochen. Noch nicht.

Wer die Sommerkurse belegte, hatte praktisch nie mit dem üblichen Universitätsbetrieb von Harvard zu tun. Deshalb erkannte sie niemand, als sie am Charles entlangwanderten. Sie waren so gut wie allein. Sie setzten sich ins Gras, aßen ihren Lunch und schauten den vielen Vergnügungsdampfern nach, die vorüberzogen.

„Sollte die Arche Noah vorbeikommen“, sagte Bob, „winke ich sie heran und bitte um Aufnahme für uns zwei.“

„Ich fürchte, die nehmen von unserer Gattung nur jüngere Exemplare."

„Unsinn. Wir sind jung. Du jedenfalls. Jeder Pennäler, an dem wir heute vorbeigekommen sind, hat dir schöne Augen gemacht."

„Trotzdem, wir sind nicht so jung wie Jessica und Davey."

„Aber Sheila, Jessie ist ein Kind. Der Unsinn mit Davey ist nichts als Protest, ein Antivatersyndrom."

„Bob, du wirst dich daran gewöhnen müssen, daß deine Tochter jeden Moment zur erwachsenen Frau werden kann."

„Das wird noch Jahre dauern, Sheila."

Sie legte sich auf den Rücken, riß einen Grashalm aus und kaute daran.

„Nicht einmal M.I.T.-Professoren können die Zeit anhalten", sagte sie.

Er blickte von oben in ihr sommersprossiges Gesicht.

„Ich will sie ja gar nicht anhalten", sagte er ungewöhnlich ernst, „nur zurückdrehen."

Das Dinner bei Kerzenlicht fand nicht im Restaurant statt. Während sie im Verlag mit Evelyn Unger verhandelt hatte, war er zur Mass Avenue gerast und hatte eingekauft: Vichyssoise in der Dose, gefrorene Hühnerbrüste, garniert, Fertigsalat und zwei Flaschen sehr guten Champagner. Kerzen gab es genügend im Haus in Lexington. Sie hockten im Schneidersitz vor dem brennenden Kamin und redeten bis tief in die Nacht.

Irgendwann fragte er. „Erinnerst du dich noch an das erste Mal, als wir miteinander ins Bett gegangen sind?"

„Gern denke ich nicht daran. Ich hatte furchtbare Angst."

„Und ich war so ungeschickt. Glaubst du, deine Eltern haben je gemerkt, was wir taten, wenn wir für sie das Haus hüteten?"

„Wahrscheinlich. Wir sahen beide so todunglücklich aus."

Sie mußten lachen.

„Ich weiß nicht, warum es damals so schlecht geklappt hat, Sheila. Ich hatte alle Ehehandbücher auswendig gelernt – sogar das Kamasutra."

„Etwa auf indisch?“

„So mußte es dir vorkommen, ich weiß“, grinste er. „Aber wir haben Fortschritte gemacht, nicht wahr?“

„Ja“, sagte sie. „Übung macht den Meister.“ Sie nahm noch einen Schluck Champagner.

Er rückte näher.

„Ich habe unsere Übungsstunden sehr entbehrt“, sagte er leise.

Sie antwortete nicht. Er rückte noch näher.

„Weißt du übrigens“, flüsterte er, „daß du die einzige Frau auf der Welt bist, deren Seele ebenso schön ist wie ihr Körper?“

Er wußte sofort, daß sie das vielleicht für eine Redensart halten würde. Wenn er früher so etwas sagte, hatte sie sich darauf verlassen können, daß er es meinte. Und es hatte gestimmt. Aber nach allem, was inzwischen geschehen war, glaubte sie ihm möglicherweise kein Wort mehr.

„Es ist mein Ernst, Sheila“, flüsterte er, strich ihr das Haar aus dem Gesicht und küßte sie auf die Stirn.

Sie entzog sich ihm nicht. Er nahm es als Hoffnungszeichen.

„Glaubst du mir, wenn ich sage, daß ich dich immer lieben werde?“ fragte er sanft.

Sie senkte den Kopf. Dann antwortete sie: „Ja, ich denke schon.“

Er legte den Arm um sie und sagte mit Nachdruck: „Nein, *glaube* es! Nimm es als Glaubensbekenntnis: Ich liebe dich mehr als mein Leben.“

Tränen liefen ihr langsam die Wangen herunter.

Er sah es und murmelte: „Ich weiß, ja, ich weiß, ich habe dir sehr weh getan.“

Sie schwiegen. Er empfand schmerzliches Mitleid mit ihr. Leidenschaftlich gern hätte er alles wiedergutgemacht.

„Sheila, kannst du mir je ...“ Er suchte nach Worten. Es war so schwer, die richtigen zu finden. „Glaubst du, daß du mit der Zeit vergessen könntest, wie sehr ich dich verletzt habe?“

Sie schwieg lange, dann blickte sie auf.

„Ich will es versuchen“, flüsterte sie. „Mehr kann ich nicht versprechen, Bob. Aber versuchen will ich es.“

Er zog sie an sich. Als sie sich zurücklehnte, stieß sie ihr Champagnerglas um.

„Das bringt Glück“, sagte er und küßte ihre Augen. Ihre Wangen. Ihren Mund.

Endlich rührte sie sich und warf beide Arme um seinen Hals.

„Ich habe dich schrecklich vermißt“, sagte sie. „Ich konnte den Gedanken nicht ertragen, dich zu verlieren. Ach, Robert ...“

Er überschüttete sie mit Küssen, ließ endlich all seiner aufgestauten Zärtlichkeit freien Lauf. Stumm betete er, sie möge eines Tages den Schmerz überwinden, der sie noch immer quälte. Bitte, lieber Gott, ich liebe sie so sehr.

32. Kapitel

„Los, Johnny, ich bin frei – rüber mit dem Ball!"

Im Spätsommer richten sich die Gedanken eines jungen Sportlers auf die Herbstsaison. Das zwanglose Fußballspielen auf dem Platz der Nanuet High School war allmählich zum ernsthaften Training geworden. Doch Davey Ackerman und sein neuer Freund „Johnny" Guérin durften immer noch bei den Spielen der Schulauswahl mitmachen. Und sie schafften es regelmäßig, in die gleiche Mannschaft gewählt zu werden. Seit dem Tag, an dem Jean-Claude sich wieder wohl genug fühlte, mit dem Ball zu dribbeln, hatten Davey und er trainiert und ein so großartiges Zusammenspiel entwickelt, daß einer von ihnen mit Sicherheit die gegnerische Verteidigung durchbrach und freie Schußlinie ins Tor hatte. Ihre Teamarbeit löste bei Bernie Begeisterung, bei Jessie schlechte Laune aus.

Es war die letzte Woche im August. Die nachmittäglichen Schatten wurden schon länger. Die Beckwiths und die Ackermans waren gekommen, um zuzusehen, wie die beiden Bürschchen sich gegen die Großen behaupteten.

„Das ist dir vielleicht eine Mannschaft!" rief Bernie, als sie das zweite Tor erzielten. Er schlug Bob auf den Rücken. „Toll, was?"

Paula klatschte Beifall. Jessica rührte keine Hand, bis ihr wackerer Ritter ihr zuwinkte, als sei das Tor eine Huldigung für sie, und nahm das mit einer kleinen Handbewegung zur Kenntnis. Sheila und Nancy unterhielten sich über Bücher und bemerkten nichts von den Turniergebräuchen.

Ein Anflug von Trauer liegt über allem, wenn der Sommer Abschied nimmt, wenn die Bäume erste Kunde von seinem Ende geben. So stürmisch er begonnen hatte, er schloß harmonisch.

Nach dem Spiel joggten Bob und Bernie rings ums Spielfeld. Jean-Claude und Davey blieben auf dem Platz und übten Eckbälle. Sheila wollte Nancy und die Mädchen heimfahren, aber Paula lehnte ab, offenbar hatte sie sich vorgenomen, ihren Vater nicht aus den Augen zu lassen.

„Ein Jammer, daß der Bursche weg muß", sagte Bernie, als sie in die jenseitige Kurve keuchten, „in dem steckt was Tolles."

„Ja", sagte Bob.

„Wann reist er denn ab?"

„Weiß nicht. Bald, glaube ich."

„Wirklich ein Jammer", wiederholte Bernie bedauernd. „In sieben Jahren wäre Yale mit den beiden nicht mehr zu schlagen."

„Ja", sagte Bob und dachte: Bern, du hast ein Gemüt wie ein Fußball.

Zehn Minuten später rief Bernie die beiden Spieler zu sich.

„Los, ihr beiden. Zeit zum Futtern."

Sie joggten nebeneinander bis zum Ende der Bahn.

„Kann Johnny bei uns essen?" fragte Davey.

„Darf ich?" erkundigte sich Jean-Claude bei Bob.

„Klar."

„Onkel Bob? Darf er auch bei uns übernachten?"

„Wenn es Nancy recht ist."

„Die hat nichts dagegen", sagte Bernie. „Also dann mal los, ihr Knaben, wir müssen!"

Paula ging hinter ihnen, mit einem Schritt Abstand.

Die Unterhaltung beim Abendessen hatte etwas Gedrücktes. „Komisch", sagte Paula, „richtig blöd kommt man sich vor, wenn er nicht da ist." Keiner hatte Jean-Claudes Gedeck abgeräumt.

„Fang lieber an, dich dran zu gewöhnen", sagte Jessie zu der kleinen Schwester. „Bald wird er ganz weg sein. Stimmt doch, Papi, oder?"

„Ja", sagte Bob ruhig. „Viel Zeit bleibt nicht mehr." Er sagte es so sachlich wie möglich. Sheila sollte wissen, daß er nicht insgeheim Vorbehalte hatte.

Gegen halb zehn gingen die Mädchen schlafen. Bob kam, um ihnen den Gutenachtkuß zu geben. Jessica duldete seine Umarmung, ließ aber keinen Zweifel darüber, daß sie für so etwas allmählich zu erwachsen wurde.

Als er wieder herunterkam, zog sich Sheila gerade eine Strickjacke über.

„Wollen wir ein bißchen gehen?" fragte sie.

„Ja, gern."

Bob nahm eine Taschenlampe mit, und sie machten einen Spaziergang unter den Bäumen. Bis auf die Meeresbrandung hinter dem Haus war alles still. Friedlich. Er fühlte sich ihr sehr nah. Er faßte nach ihrer Hand.

„Bob?"

„Ja?"

„Du möchtest, daß er hierbleibt, nicht wahr?"

„Selbstverständlich nicht", sagte er hastig. „Kommt gar nicht in Frage. Wir hatten doch ausgemacht ..."

„Danach habe ich nicht gefragt. Ich wollte wissen, wie du darüber denkst. Ganz aufrichtig."

Sie gingen einige Schritte, ehe er antwortete.

„Nun ja, ich bin nicht gerade überglücklich, daß er abreist, aber so ist es nun einmal. Ich meine (er hoffte, daß dieses Geständnis sie nicht kränkte), ich habe ihn sehr gern."

„Wir alle mögen ihn sehr", sagte sie leise.

„Gewiß", sagte er und glaubte, sie wolle ihn damit trösten.

Sie hatten eine kleine Lichtung im Wald erreicht. Dort blieb sie stehen und sah ihn an. Sein Gesicht war betont gleichgültig.

„Er *muß* nicht fort, Bob", sagte sie.

Er glaubte nicht richtig verstanden zu haben, obwohl sie dicht nebeneinander standen.

„Sieh mal", sagte sie, „uns ist etwas Schreckliches zugestoßen, etwas, das erst nach Jahren heilen wird ..." Sie stockte.

„Aber es hat nichts mit ihm zu tun. Gar nichts. Außerdem ist er doch dein Kind. Glaubst du, du wirst ihn vergessen können, nur weil er wegfährt?"

Bob zögerte.

„Nein, wahrscheinlich nicht." Es waren seine Gedanken, die sie weiterführte:

„Ein Teil von dir würde nie aufhören zu fragen: Wie geht's ihm, was wird aus ihm ..."

„Ja", sagte er still.

„Und er würde an dich denken."

Bob schwieg.

„Er liebt dich. Das sehen wir doch alle."

Bob wehrte sich dagegen, einem momentanen Impuls nachzugeben.

„Liebling, das Wichtigste in meinem Leben bist du und die Mädchen."

„Ja", antwortete sie. „Und über die beiden sollten wir jetzt reden."

Sie ließen sich auf einem alten Baumstumpf nieder, der im Dunkel lag.

„Im Augenblick sind sie recht labil, ich weiß", sagte er, „besonders Jessie mit ihrem Mir-doch-egal-Theater."

„Und Paula?"

„Aus irgendeinem Grunde wird sie besser damit fertig."

„Aber Bob, sie hat so wahnsinnig Angst, dich zu verlieren, daß sie dich kaum noch aus den Augen läßt. Ist dir nicht aufgefallen, daß sie jeden Morgen, buchstäblich jeden Morgen, den Kopf in die Schlafzimmertür steckt und nachsieht, ob du in deinem Bett bist? Sie denkt an nichts anderes ..."

Bob tat einen tiefen Atemzug. Nachträglich wurde ihm bewußt, wie verzweifelt Paula sich an ihn klammerte.

„Aber wenn er bliebe ..."

„Wenn er hier wäre, Bob, stünden unsere Chancen besser, als wenn jeder den Gedanken an ihn verdrängen müßte, du, ich und ganz besonders die Mädchen. Sie würden doch nie die Angst los, daß du uns verlassen könntest."

Bob überlegte.

„O Gott", sagte er. Und dachte: Ich habe sie wirklich in eine aussichtslose Lage hineinmanövriert.

„Und noch etwas", sagte Sheila sanft.

„Ja?"

„Du liebst ihn."

„Ja", antwortete er. Und dachte: Danke, Sheila.

Am nächsten Morgen – Jean-Claude war noch bei Ackermans drüben – brachte er die Sache zur Sprache.

„Jessie, Paula, eure Mutter und ich haben uns überlegt, ob wir Jean-Claude nicht auffordern sollen – bei uns zu bleiben. Wir wüßten nun gern, was ihr davon haltet."

„Ist das wahr, Mami?" fragte Jessie, „nicht bloß *seine* Idee?"

„*Ich* habe es vorgeschlagen", sagte Sheila. Zunächst enthielt sich Jessie jeglichen Kommentars. Bob wandte sich an Paula.

„Ach herrje", sagte sie ängstlich, „kommt er dann in meine Klasse?"

„Kann schon sein", meinte Bob, „wahrscheinlich müßte er erst einmal eine Prüfung machen. Aber wie *fändest* du es denn?"

Paula überlegte. „Wir fangen dieses Jahr mit Französisch an", meinte sie, „da wär' es prima, wenn Jean-Claude mir helfen könnte."

Womit sie auf ihre Art ja sagte.

„Und du, Jessie?" wollte Bob wissen.

„Ich habe nichts dagegen", sagte sie beiläufig. Und nach kurzer Pause: „Eigentlich mag ich ihn sehr gern."

Bob blickte Sheila an. Sie lächelten sich zu.

Gegen Mittag fuhr Bob zu Bernie. Jean-Claudes Lächeln ließ erkennen, daß er sich nicht nur freute, Bob wiederzusehen, sondern auch, daß er genug hatte von Bernies forschen Reden über den Sport und dessen Zukunft. Bob schlug dem Jungen vor, mit ihm einen Spaziergang am Strand zu machen.

„Der Sommer ist fast vorbei", sagte er und blickte über den menschenleeren Strand.

„Ich weiß", erwiderte der Junge. „Ich muß bald weg."

„Gerade darüber wollte ich mit dir reden, Jean-Claude", sagte Bob. „Wie wäre es – wenn du bei uns bleiben würdest?"

Der Junge blieb stehen. Er sah überrascht aus.

„Ich meine, als Mitglied der Familie“, sagte Bob.

„Das ist unmöglich“, sagte der Junge.

„Ich weiß, was du denkst. Aber es tut allen so leid, was passiert ist. Wir wollen alle, daß du dableibst. Möchtest du das nicht?“

Jean-Claude druckste herum und sagte schließlich zaghaft:

„Bob, ich kann nicht. Die Schule – *la rentrée* – fängt in vierzehn Tagen an.“

„Aber du könntest hier zur Schule gehen, Jean-Claude. Außerdem, wohin willst du denn in Frankreich?“

„Nach St-Malot“, antwortete der Junge.

„Was ist das?“

„Eine Schule. Meine Mutter wollte mich hinschicken, wenn ich elf bin. Damit ich mit anderen Jungen zusammen bin. Aber Louis hat mit dem Direktor gesprochen, und der hat gesagt, ich kann schon jetzt dort anfangen, wenn ich ein paar Prüfungen bestehe. Und ich habe tüchtig gebüffelt.“

Aha, darum die viele Leserei.

„Aber wir möchten gern, daß du bei uns lebst“, sagte Bob.

„Wir … wir haben dich lieb.“

Der Junge sah auf.

„Bob, ich muß nach St-Malot. Meine Mutter hat das für mich geplant. Und es ist das Richtige.“

Bob sah seinen Sohn an. Hatte er richtig verstanden?

„Ja, möchtest du das denn – allein sein?“

Überleg es dir anders, Jean-Claude, bitte.

„Bob, ich muß hin – aus vielen Gründen.“

„Bist du ganz sicher, Jean-Claude?“

Der Junge schien am Ende seiner Fassung.

„Ja“, sagte er leise und wandte sich ab. Er blickte hinaus aufs Meer.

33. Kapitel

So war denn wohl alles gesagt. Bob buchte den Flug für drei Tage später. Es war ein gefaßtes Abschiednehmen. Sheila und die Mädchen standen auf der Veranda und blickten dem Wagen nach. Keiner von ihnen weinte. Aber jeder hatte das unbestimmte Gefühl, daß die anderen weinen würden - irgendwann.

Bob wünschte, die Fahrt nach Logan nähme kein Ende. Er hatte dem Jungen noch so viel zu sagen. Mußte seine Gefühle klären. Ihre Beziehung bestätigen. Seiner Liebe Ausdruck verleihen. Statt dessen sprachen sie während der ganzen Fahrt kaum ein Wort.

Er parkte den Wagen und nahm die grüne Reisetasche aus dem Kofferraum. Jean-Claude trug die rote Bordtasche. Sie gingen zum Schalter der TWA, der Junge wurde für Flug 810 registriert und der Koffer via Paris nach Montpellier aufgegeben. Bob begleitete ihn zum Flugsteig. Es war erst halb sieben. Sie hatten noch Zeit. Draußen war fast noch Tageslicht, aber im Flughafengelände wurde schon die Beleuchtung eingeschaltet, als käme die Nacht.

Auf dem Rollfeld kauerte die riesige weiße 747 wie ein gutmütiger Elefant, bereit, die Passagiere aufzunehmen. Der Sommer war vorüber, es flogen nicht viele Leute nach Europa. Die Abflug-Lounge war ruhig. Von Zeit zu Zeit wurde ein Flug ausgerufen. Nicht seiner. Noch nicht. Die Frau, die die Flüge aufrief, hatte eine gleichgültige Stimme.

Sie saßen nebeneinander in weißen Plastiksesseln.

„Hast du auch genügend zu lesen, Jean-Claude?"

„Ich habe meine Bücher."

„Ach so, ja. Ich halte dir den Daumen für die Prüfungen. Hast du - ich meine, hast du Angst davor?"

„Ein bißchen."

„Und du schreibst mir bestimmt, wie du abgeschnitten hast?“

„Ja.“

„Und wir bleiben in Verbindung ...“

Der Junge zögerte kaum merklich, dann sagte er: „Ja.“

„Achtung, letzter Aufruf zum Flug 810, nonstop 747 nach Paris. Die Passagiere werden gebeten, sofort durch Ausgang 17 an Bord zu gehen.“

Sie erhoben sich wortlos und gingen langsam zur Tür der Gangway. Aber etwas Wichtiges mußte Bob doch noch sagen.

„Wenn - wenn du willst, könntest du uns nächsten Sommer besuchen. Oder auch zu Weihnachten. Ich meine - wann immer du willst.“

„Danke“, sagte er.

„Also vielleicht nächsten Sommer, ja?“

„Vielleicht.“

Vielleicht auch nicht, dachte Bob. Höchstwahrscheinlich nicht.

Die Dame, die die Bordkarten einsammelte, winkte ihnen.

„Ich muß gehen, Bob“, sagte der kleine Junge.

Nein, bitte nicht, dachte Bob. Noch nicht. Noch nicht.

Da streckte Jean-Claude ihm die Hand hin und sagte - wie zur Einstimmung auf das Leben jenseits des Meeres - auf französisch:

„Au revoir, papa.“

Bob konnte sich nicht länger zurückhalten. Er riß den Jungen in die Arme, drückte ihn an sich und fühlte, wie hastig das Kind atmete. Es fiel kein Wort mehr. Er hätte so gern gesagt: Ich liebe dich, aber er fürchtete um seine Beherrschung. So hielt er seinen Sohn nur fest, wie um ihn nie wieder loszulassen.

Von weit her hörte er jemanden sagen, die Türen würden geschlossen. Er setzte den Jungen ab. Er sah ihn zum letzten Mal an.

„Geh“, flüsterte er heiser. Die Kehle war ihm wie zugeschnürt.

Der Junge blickte für den Bruchteil einer Sekunde auf und wandte sich wortlos zur Tür.

Bob beobachtete, wie er seine Bordkarte der Hosteß gab, die ein Stück davon abtrennte. Er sah ihn mit geradem Rücken, die

Bordtasche in der Hand, die Gangway hinuntergehen zur Maschine. Und verschwinden.

Die Tür schloß sich.

Wenige Minuten später rollte der weiße Jumbo langsam rückwärts, dann vorwärts, in Richtung Startbahn, in die sinkende Dämmerung hinein.

Bob blieb noch lange stehen.

Schließlich machte er kehrt und ging langsam den jetzt verlassenen Korridor hinunter.

Ich liebe dich, Jean-Claude. Bitte vergiß mich nicht.